ことばは光

東京大学先端科学技術研究センター教授
福島 智
Satoshi Fukushima

道友社

ことばは光

目次

Ⅱ せつなさと美しさと――61

装丁・本文イラスト……森本　誠

I

美しいことば

「光」と「音」を失って

私の記憶に残る最も鮮明な映像とはなんだろう。雨上がりの午後、いつの間にか空に現れた不思議な光の帯、生まれて初めて見た虹のスペクトルだろうか。私の胸に残る最も鮮やかな音とはなんだろう。何かを呟《つぶや》くように、常に変化し続ける瀬戸内《せとうち》の潮騒《しおさい》。それとも、自宅の玄関の虫籠《かご》の中で突如《とつじょ》鳴き始めた、あの「リーン」という鈴虫《すずむし》の歌声だろうか。

こうした「光」と「音」のすべてを、私は十八歳で失った。九歳のとき、すでに失明していた私は、一九八一年三月に盲ろう者となった。家族とのコミュニケーションも困難になり、私は点字書を読み日記を書き、どうにか心の安定を保とうとした。

当時の日記に、私は次のように綴《つづ》っている。

「いまは何もやる気が起こらない。(中略) 俺《おれ》はいったいどうなるのか、未来はあまりに不安だ。しかし、もう落ちるところまで落ちきった感があるなあ。ゴーリキーの『どん底』に秘められた、あの人間賛美の気持ちを自分に向けて邁《まい》進《しん》したいものだが、そうもいかないようだ。カフカの『変身』を読む。(中略) すべての者が虫になり得る可能性を秘めているのではないか? そういったものをグレゴールは象徴《しょうちょう》しているのではないか? (中略) すなわち俺自身がグレゴールであることが、ある意味で現実に証明されているからである」(一九八一年三月三日)

カフカの『変身』とは、ある朝、目が覚めると、巨大な毒虫に変身していた主人公グレゴールと、その家族の顛末《てんまつ》を描いた二十世紀初頭の小説である。私はグレゴール同様、極限の苦悩を体験する中で、その自身の苦悩になんとか意味を見いだそうとしていた。

「俺にもし使命というものが、生きるうえでの使命というものがあるとすれば、それは果たさねばならない。そして、それを為《な》すことが必要ならば、この苦しみのときをくぐらねばならぬだろう」(同年二月十四日付、友人Nへ書き送った手記から)

永遠に続く夜と沈黙の世界。そこに閉じ込められた私を救ったのは、母が考案した「指点字《ゆびてんじ》」という新たなコミュニケーション手段であり、それを用いて私に語りかけてくれた多くの友の存在だった。

指点字とは、点字の原理を応用した会話法。両手の人差し指から薬指まで計六本の指を点字の六つの点に見立てて、相手の指に触れて〝ことば〟を伝えるというものだ。

あれから、およそ三十年の歳月が流れた。私の手の上で、どれほど多くの人たちの指が踊り、どれほど多くのことばが綴られたか分からない。もはや、私には夕日は見えず、モーツァルトは聞こえないけれど、心に届く輝きとハーモ

ニーがある。

盲ろう者である私が手と指を使って人とふれ合った数々の思い出。心で感じ取った「光景」と「メロディー」について、これから語りたい。

せいいっぱいがんばれや

東京・目白《めじろ》の不忍《しのばず》通り。歩道を私とNが歩いている。私もNも、近くにある盲学校（現在は「視覚特別支援学校」などと呼ばれるが、以下では盲学校と記す）の高等部一年生で全盲。手には白杖《はくじょう》を持っている。

突然、Nがぴたりと足を止める。そこがバス停の前だった。

「どうして分かるんだ」と私が尋ねると、「ここのバス停のポールの上から、キーンという音が出てるから」とNが言う。

「おかしいな、俺には聞こえないぞ」。当時の私は全盲に加えて片耳の状態だったが、それでも合図の発信音なら聞こえるはずだ。

「いや、合図じゃない。二万ヘルツくらいの高くてかすかな音がする」

「おまえはイヌか、コウモリか。そんな超音波みたいな高くて小さな音を、この車がビュンビュン通るやかましい道路沿いでよく聞き分けられるな」

私とNは、よく連れ立って出かけた。目白、池袋《いけぶくろ》、渋谷《しぶや》……。向こう見ずな関西人の私と、慎重な東北人のN。うるさい私と静かなN。二人とも寄宿舎に入っていた。私たちは、いつも一緒だった。

二年生の冬、私の聴力が急速に低下した。神戸の実家で療養する私に、Nから届いた点字の手紙がいまも手元にある。

「必ず治るのだという確信を自ら持つ強い精神力が、回復へつながるという話もある。……せいいっぱいがんばれや」

そのころの私の近況を綴《つづ》った手記をNに送ったことは、前回書いた。結局、失聴し、盲ろう者となった私は、四月に入って久々に東京の盲学校の寄宿舎に戻った。私の希望で、Nと同室にしてもらえたと聞いていた。

三カ月ぶりに会うNになんと言えばよいのか。三カ月前、声で会話していた私は、いまはまったく聞こえないのだ。私は少し緊張して、母とともに部屋の戸を開けた。

「N君が寝とる」

母が指点字で私に知らせた。私は拍子抜けした。Nは布団《ふとん》を敷いて本格的に昼寝をしていたのだった。

夕方、起き出してきたNに指点字のやり方を説明すると、彼は「すまん、眠たかったたから、ちょっと寝とってん」と、あっさりと打った。

「ちょっと」にしては、えらく長い昼寝だ。そういえば、彼は休日いつも昼寝をするんだったたな。

Nは、私の耳が聞こえなくなったことについては何もふれない。まるで、ずっと以前から指点字で私と話していたかのように、淡々《たんたん》と語る。そのNのさりげなさがうれしかった。

あれから三十年が経過した。彼とはここ何年も会っていなかった。それが昨年（二〇〇九年）の暮れ、突然Nが危篤《きとく》との知らせが届いた。彼が末期がんだということを初めて知って、私は愕然《がくぜん》とした。

東北地方の大学病院に妻と駆けつけたとき、Nにはすでに意識がなかった。Nの手に触れる。脈が弱く、速い。思わず手を強く握りしめた。

その三日後、Nは逝《い》った。N、僕は君を忘れない――私は何度も胸中に呟《つぶや》いた。

「せいいっぱいがんばれや」

ふと、彼のハスキーな声が、どこからか聞こえてくる気がする。

重荷を一緒に持ちたい

「僕は、これからどうすればいいんでしょう……。いったい僕に何ができるんでしょうか？」

一九八一年四月。全盲ろうとなって間もない私は、小島純郎《こじますみろう》先生と初めてお会いしたとき、自分の悩みを自然と口にしていた。盲学校の小さな会議室。時刻は夕方で、部屋には、ほかに誰《だれ》もいなかった。

「ゆっくり……一緒に考えていきましょう」

先生は落ち着いた指点字で、私に語りかけた。そして、こちらの手が痛くなるほどの強い握手。

この出会いをきっかけに、その後、小島先生が代表となって私を支援するグループが結成される。そして、この支援グループの活動が、後年、各地の盲ろう者団体や全国レベルの盲ろう者組織の発足へとつながっていく。

私は当時十八歳で、筑波《つくば》大学附属盲学校高等部三年。小島先生は五十二歳で、千葉大学文学部教授。

先生は、ゲーテやヘルダーリンなどドイツの詩人を研究してこられた文学者だ。盲ろう者についてはもちろん、障害者の「専門家」でさえなかった。

ところが偶然、障害のある学生と出会い、視覚障害者や聴覚障害者との交流を深めていく。しかも理屈ではなく、行動で付き合う。

「五十の手習い」でありながら点字も手話も本格的に覚え、実践《じっせん》する。そして、ずっと以前からの友人だったかのように、どんな障害者とも直接語り合う。こういう人物を、私はほかに知らない。

あるとき、私は「どうして先生は、盲ろう者や障害者との交流に力を注《そそ》がれるのですか」と尋ねたことがあった。

「障害者は社会から弱い存在と見られています。でも、たとえば盲ろう者は、二つの重荷を背負って生きる一種の英雄だと思うのです。その重荷を少しでも一緒に持ちたい」

なんの気負いもてらいもなく、先生は指点字でこう話した。

またあるとき、先生は「僕は片目が見えなくてね、片方の耳もほとんど聞こえないんだけど、あなたの苦労と比べたら屁《へ》みたいなものだよ」と突然おっしゃったので驚いた。

それだと不自由も多いでしょうと私が尋ねると、不思議な答えが返ってきた。

「いや、なんにも。たとえば、道の向こうから歩いてくる猫を見たら、雄か雌か分かるよ」

ええ？　そんなこと分かるんですか？　再び驚く私に、先生はあっさりと言う。

「だってね、人間でも顔を見たら、男女の違いが分かりますよね」

また、いつのことだったか、私は人間関係で悩んでいた。私の気持ちや考えがきちんと周囲に理解されない。事実関係まで誤って伝わってしまう。そんな思いに駆られていた私に、先生が言った。

「人間関係の八、九割は誤解です。でも、その誤解を解こうとしてはいけない。特に自分に対する誤解は」

人は、自らの正しさのみを声高《こわだか》に主張しようとしてしまうものだ。このことばは、いまも私の心に染みる。

人を愛し、動物を愛し、詩とワインを愛した小島先生は六年前に他界した。先生と初めて出会った春四月、あの日交わした握手の痛みを思い出す。

男版ヘレン・ケラーになりそうや

店内には静かな音楽が流れている。『ふたりの天使』だ。

神戸市にある兵庫県立盲学校近くの喫茶店。中学生の私はコーヒーをひと口すする。インスタントしか知らない当時の私は、挽《ひ》きたての味と香りに魅了された。

『ふたりの天使』のメロディーとコーヒーの香りはぴったりだな、と私がぼんやり思っていると、I先生が突然、声をかけてきた。

「福島よ、目が見えんってどういうことや?」

「え? 目が見えんって……?」

私は虚《きょ》を衝《つ》かれて絶句した。

Ｉ先生は、軽音楽クラブの顧問。私と同じく全盲だ。十四、五歳年上の男性だが、年齢差や教師と生徒という立場を超えて、二人はよく語り合った。

私は先生の問いかけに考え込んでしまった。「目が見えない」とは、現象としては目という身体器官が機能しないということだ。しかし、では、そもそも「目が見えない」とは、いったいどういうことなのか……。

この後、Ｉ先生とどういうやりとりをしたか、はっきりしない。ただ、この重い問いかけが、その後もずっと私の内部に刻み込まれることになった。

そして、数年後、十八歳で全盲ろうの状態になったとき、再びこの問いかけがよみがえってくる。つまり、「目が見えず、しかも耳が聞こえない」とは、どういうことなのか……と。

無論、医学的な定義や法律的な基準を問題としているのではない。「見えない、聞こえない」ことで奪われてしまった具体的な体験のリストを問うているわけでもない。

Ｉ先生が私に問い、私が自らに問うたことは、いわば、障害体験がもつ実存的な意味、すなわち、私の場合は、私が盲ろう者となった意味についてだった。

私は十八歳で聴力を失いつつあったころ、Ｉ先生の自宅へ泊まりがけで出かけたことがある。そのときのことを振り返り、Ｉ先生は先年、私に語った。

「そのときはもう、かなり聞こえなかったな。耳のそばで大きな声でしゃべったら、まだ聞こえていたけれど。そんときにな、福島が僕に言うたのよ。『僕は男版のヘレン・ケラーになりそうや』言うたんや。福島の声、そんときは震えてたよ」

そして、続ける。

「福島、いまやから気楽に言うんやけど、そのときにな、福島はいま、こうやって不安を言うてるけども、将来必ず強くなると感じたね」

将来ですか？

「うん。そのときは不安を訴えてるけどな、とことん聞こえなくなったときのほうが、この子、必ず力を持つで、と感じた」

　あれから三十年が過ぎた。いま、自分にとっての障害の実存的な意味を、私が真に見いだせているかどうかは分からない。でも、少なくとも、盲ろう者になることによって、「人生において真に価値あるものは何か」を問い続けるチャンスが与えられたことは、意味のあることだったと思う。

　最近めっきり少なくなったけれど、落ち着いた喫茶店で深い香りのコーヒーを味わうと、I先生との静かな語らいがよみがえる。もし、いまコーヒーをご一緒したら、さしずめ先生はこうおっしゃるだろうか。

「福島よ、生きるってどういうことや?」

宇宙人に会いたい

「福島さんの夢はなんですか」と講演や取材などで時折尋ねられる。

そんなときは、「宇宙人に会って話すことです」と答える。もちろん冗談だけれど、ちょっぴり本気でもある。

私のあだ名の一つは「E.T.」だ。これは、宇宙人を意味する英語の略称である。また、私が盲ろう者になって、指点字を使い始めた翌年（一九八二年）、米国のスピルバーグ監督で有名になった映画のタイトルでもある。

その映画には、自らをE.T.と呼び、地球の花や木に指先で触れることで会話ができる宇宙人が出てくるので、それに引っかけたわけである。すなわち、私は自分が盲ろう者になって、いったん失った耳で聞くコミュニケーションを、今度は指先のコミュニケーションとして取り戻すことができた。これは宇宙空間のような状態から地球に戻ってきた、まるでE.T.のような存在だと自分のことを思っているわけである。

では、宇宙人は本当にいるだろうか? それは分からない。でも、私はいると思う。いや、いてほしい。いたら面白いではないか。特に人類が宇宙人と初めて接触したとき、どうやってコミュニケーションを図るかを考えると、わくわくする。

最初は絵や映像を使ったり、「プラス」や「イコール」などの数学的概念を手がかりに会話を試みたりするのだろうか。でも果たして、声での会話が成り立つようになるかどうか……。

宇宙人と話すには、音声よりも手話のほうがよいかもしれない。なぜなら、大気を振動させるという「音」による会話方式が宇宙共通とは限らないので、そもそも彼らに声帯があるかどうかも分からない。また、仮に「声」を使っていたにしても、おそらく、その周波数や発音の仕組みなどは、地球人とはまるで異なるだろうからだ。

その点、「手」はどんな宇宙人にも何らかの形で存在するだろうし、「手の動き」という視覚的な信号体系のほうが、お互いに解読もしやすいだろう。

それどころか、もともと宇宙人は「手話」を使っているかもしれない。というのは、空気のない（だから音は伝わらない）宇宙空間へ進出した場合、声よりも手話のほうがむしろ便利だと思うからだ。遠い未来に、宇宙へ進出した人類にとっても、真空で通信機なしで会話が可能な手話が、むしろ標準言語となるような気がする。

では、私の使う指点字はどうだろうか。指点字には左右の手の最低計六本の指が必要だが、それ以前に宇宙人に「指」があるかどうかは怪《あや》しい。ううむ、せめて何かが六本あればなあ。

と、ここまで考えたとき、私の脳裏に、六本の細長い手足を持つゴキブリのような宇宙人の姿が浮かんだ。宇宙人に会い、指点字で直接話すのが私の夢である。しかし、もし彼らの外見がゴキブリのようだったらどうするか……。無論《むろん》、外見など気にしない私は、彼らの「指」と語り合うだろう。よし、手始めに地球のゴキブリと練習するか？

だけど、そんなことを私が言い出したら、「じゃ、あなたはゴキ子さんと暮らしてね。私は実家に帰ります」と妻に言われそうだな。

ところで、私はすでに宇宙人に会っている。地球は宇宙の中に存在する。つまり、地球人も宇宙人なのである。

色点字

「色点字」ということばをご存じだろうか。おそらく、どなたもご存じないだろう。なぜなら、私がいま作ったことばだからだ。

ただし、呼び方は私が作ったけれど、その存在は複数の人たちから認められている。では、「色点字」とはなんだろうか。

1．「色男」からの連想で、この点字の書き方をすると、女子生徒にもてる、と盲学校の男子生徒の間で伝統的に言われてきた点字表記上の「秘術」。

2．「色恋」に関する内容で、活字では「発禁」だけれど、点字ではかまわないという点字本のこと。

3. 点訳者が校正などで用いる「墨点字《すみ》」（点字の形を印刷したもの）を分かりやすくするために、カラー印刷にしたもの。

4. 中途失明者が点字を読んでいると、「点字に色がついて」感じられること。

さて、いかがだろう。正解は「4」である。

私は九歳で失明した中途失明者なのだが、点字を学び始めて間もなく、点字を読んでいると、ひとりでに「色」が思い浮かぶことに気づいた。文字の場合と、単語の場合とがある。

たとえば、「す」という字は赤である。そして、「すいか」という語も赤だ。ところが、「すのもの」は黄緑だし、「すいよーび」は青のイメージになる。

また、「さ」は黄色の強いクリーム色だ。「さばく」もほぼ同じ。しかし、「さとー」は、甘い「砂糖」なら白だけれど、人の名の「佐藤」ならば水色になる。

なんだか、規則性があるようで、まるででたらめな連想なのである。

ところが、あるとき、私が何げなくこの話をすると、そこに居合わせた複数の中途失明者がいずれも、「私にも色がある」と言い出したのである。聞いてみると、個人差はあるけれど、皆それぞれ「点字に色がある」のだそうだ。つまり、点字を触読していると、たいへんカラフルなイメージが湧《わ》いてくる。少なくとも一部の点字使用者にとっては、そもそも点字は「色点字」なのである。

いまだ座談のレベルで、多くのケースについてしっかり調べたわけではない。また、私の知る限り、この種の現象に関する研究は進んでいないようだ。

しかし、何かとても不思議な感じがするではないか。目の見えない人が、指で点字を読みつつ、頭の中で「色点字」を見ている、というのは。

おそらく、色の情報が欠落した中途失明者の大脳のどこかで、点字刺激にある種のパターンで色を付与しているのだろうと思う。それがなぜ、何のために起こるのかは分からないけれど、人間の能力の不思議さ、奥深さを感じさせるエピソードだと思う。

最高の出会い

「これまでで一番心に残った出会いは?」と尋ねられることがある。

「うーん」と私が考えていると、「やっぱり、奥さまとの出会いでしょう」などと言われたりする。

いや、少なくとも、それは違う。「奥さまとの出会い」ということは、要するに「初対面」ということだ。見えなくて、聞こえない私の場合、初対面の瞬間、その相手に対する印象はまるでないのである。

私にとって、誰かと出会ってその人のイメージをつくっていくということは、たとえて言えば、小説を読むようなものだ。

小説を読むとき、誰でも最初の一行だけでは登場人物のイメージをつくれないだろう。一ページ、二ページ、十ページと読み進めるうちに、ようやく作品中の人物像が浮かんでくるはずだ。私が相手のイメージをつくるのは、その過程に近い感じなのだ。

こう説明しているのに、「ああ、つまり奥さまと結ばれる筋書きの恋愛小説なんですね」などと、なんだかおかしな納得の仕方をされたりする。

ところで、初対面のときに、すでに相手のイメージが出来上がっていたケースもある。つまり、私の心の中の「小説」に、すでに相手が描かれていた場合だ。いや正確にいえば、相手が描いた小説を、私が多く読んでいた、ということなのだが……。

十数年前、ひょんなことから、私はSF作家の小松左京《こまつさきょう》さんに出会った。それはおそらく、私の人生において、最も心に残る出会いの一つだった。私は興奮気味に語った。

「小松先生、点字になっている先生の作品を私はほとんどすべて読んでいます」

「そりゃあ、うれしいなあ」

「盲ろうになって苦しかったときも、SF的発想が役に立ったんです。たとえば、日本が沈没するという状況で、人はどう対処するのか。東京が消えてしまうという異変に、何ができるか……」

それ以後も、小松左京さんと何度か会う機会があった。あるとき彼が言った。

「前に会ったとき、僕の作品が『生きるうえでの力になった』って言ってくれたよね。僕はあの後一人になってから、涙が出てきて仕方がなかった……」

「盲ろうの状態自体が、いわばSF的世界なんです。でも、そう考えてみると、不思議と生きる勇気が湧《わ》いてくるんです。どんな状況に置かれても、SFのように、きっと何か新しい可能性が見つかるはずだって……。小松先生の作品には、人類の文明のあり方を問い直すというテーマと同時に、圧倒的な逆境に立ち向かう人間の素晴らしさ、そして、人の幸福というものの意味を考えさせられるモチーフがあります。『日本沈没』『復活の日』『果《は》てしなき流れの果に』……。

みんな、そうですね」

「僕は……、こういうふうに僕の作品を読んでくれている人が、たった一人でもいた、と分かっただけで、これまでSFを書いてきた甲斐《かい》があったよ……、僕は……」

その後、彼のことばは涙で続かなかった。

果てしない時間と虚無《きょむ》の宇宙、そして過酷《かこく》な極限状況を描きながら、小松左京さんの作品の底には常に人の温かさが流れている。その作品世界の中心にあるものを、私は彼の途切れたことばの中に見た気がした。

同じ空の下

「そのころ、門川《かどかわ》さんはアメリカに留学していて、帰国のたびに東京の私のアパートに遊びに来たんですが、たいがいガールフレンドが一緒なんですね……」

舞台の上で私はゆっくりとしたペースで話した。会場には多くの盲ろう者と通訳者がいる。

「ところが、そのたびに一緒にいる女性が違うんです……」

会場からどっと笑いが起こり、司会席から当の門川さんが「うそつけ！」とクレームを付けている。

「……と思ったのですが、もしかすると、それは私の記憶違いだったかもしれません……」

今年（二〇一〇年）の夏、札幌で行われた全国盲ろう者大会で、私が講演したときのことだ。司会は、私と同じく盲ろう者の門川紳一郎《しんいちろう》さん。現在、大阪で盲ろう者福祉に取り組むＮＰＯ「すまいる」の理事長を務めている。

冗談を言いながら、私はある感慨に包まれていた。日本で大学に進んだ盲ろう者は私が初めてだが、門川さんが二番目である。一九八三年に私が東京都立大学（現・首都大学東京）に、その二年後に門川さんが桃山《ももやま》学院大学に入学した。それから四半世紀が流れた。

門川さんは生まれつき、ほとんど目が見えない。聴力は五歳ごろから徐々に低下して、大阪の盲学校の小学部のころには、ほぼ全ろうになった。

聴力が低下するにつれ、コミュニケーションは自然と「手書き文字」に移っていった。手のひらに相手の指先で平仮名などを書いてもらう方法だ。彼からの発話は音声だ。

「コミュニケーションは手書き文字でできたけれど、先生も友達も、あまり話しかけてくれんかった」と、かつて彼は私に言った。

私が都立大に入学したことをニュースで知り、門川さんの大学進学への希望は高まった。門川さんが高等部三年生のときだった。その年の夏、私は門川さんに初めて出会う。

「やあ、こんにちは。これで読めるかな?」

「読めます」

私がいきなり打った指点字を、彼はたやすく読み取った。そして、私に打ち返してきた。門川さんとは、それ以来の付き合いになる。

この出会いの後、門川さんから初めてもらった点字の手紙がある。

「僕は小学生のとき、寮でも学校でも〝聞こえなくておまえはいったいこれからどうやって勉強していくんだ〟などと軽蔑《けいべつ》されて、僕も途方に暮れて、しくしく泣きじゃくっていたことがよくあり、(中略)高校二年生になって『点字毎日』にあなたのことが出るようになって、初めて、長い長い苦労の果てといってもいいでしょうか、僕にも希望が持てるようになったと思います」

門川さんの世界は、大学に進んでから一気に広がった。三年生のときのアメリカ旅行で、かの地の盲ろう者の活動的な生き方に触発され、その後、アメリカに留学する。私立ニューヨーク大学のマスターコースに進み、アメリカ手話も習得した。

門川さんは、おそらく日本で最も行動的な盲ろう者だ。「盲ろう者でも、ほかの人と同じようにやれるんだ、ということを示したい」と彼はよく口にする。

それはまるで、情報とコミュニケーションの希薄だった少年期の孤独を埋め合わせようとしているかのようだ。私には、その姿が時に痛々しく感じられる。

先の門川さんの手紙を再読する。末尾の一文が胸に染みた。

「人間は人間、同じ空の下の人間はみんな平等に」

走らなきゃ

多くの弟子を取って、三味線《しゃみせん》や小唄《こうた》を教える女性がいた。有名な民謡《みんよう》歌手のお囃子《はやし》もつとめ、全国を飛び回る。生まれつき視力が弱かったが、身の回りのことに不自由はなかった。

その女性Eさんが、四十代半ばで視力と聴力を失う。けがと薬の副作用が重なり、ほとんどいきなりの出来事だった。

入院中、手のひらにカタカナでことばを書いてもらった。どうにか会話はできたが、心は満たされない。

東京都北区の自宅で、「夜も昼もない」孤独の生活が始まる。

「どうにも寂しくて仕方なくて、一人で三味線を持ち出して弾いてみたの。でも聞こえない。涙がぽろぽろ出てね」

私も耳が聞こえていたころ音楽が好きだったので、Eさんの気持ちは痛いほど分かる。音楽のプロであれば、なおさらだろう。

手を伸ばせばすぐ触れられそうなところに「音」の記憶がある。なのに、決してそこには手は届かない。まるで古代の地層の中の琥珀《こはく》に封じられた昆虫のように、鮮明な姿のまま、記憶は透明な悲しみとともに凝結《ぎょうけつ》されている。

親切だった弟子たちも一人去り、二人去った。でも、最後まで残った人がいた。

「私に『稽古《けいこ》をつけてください』って言うの。うれしかったわ」

弟子の膝《ひざ》にそっと触れると、三味線の振動と体の動きで間合いが分かった。のちにその弟子は師範の資格を取った。

Eさんは間もなく、盲ろう者の会のメンバーと出会う。元気がよくて、あねご肌。にぎやかなのが大好きなEさんを中心に、いつの間にか人の輪ができていった。

若い連中を可愛《かわい》がるEさんのお宅は、ボランティアの大学生たちの社交の場にもなった。私も手作りの料理をごちそうになった。

「Eさんは、どうしてそんなにいつもパワーがあるんですか」と、かつて私は尋ねた。Eさんが、柔らかい、しかし力強い指点字で答える。

「じっとしていられないの。自転車操業《そうぎょう》みたいなものね。ずっと走っていないと怖いから」

Eさんは一人でいるのが嫌《いや》だという。夜など、一人で自分に向き合っていると、どうしようもなく孤独になる。

登山、スキー、ゴルフ、そして乗馬……。中年を過ぎたEさんの挑戦は続く。その姿は、盲ろう者を含め多くの人たちに勇気を与えた。

私と同じく食べることが生き甲斐《がい》でもある。何度か至福の時を共有した。日本一といわれる東京・銀座《ぎんざ》の寿司《すし》店、「すきやばし　次郎」にも出かけた。

店主の二郎さんがにぎってくれる。鮮やかな香りと繊細《せんさい》で深みのある味。

「わあ、すごい。このあなご、口の中でとけちゃうわ」

味に感激したEさんは、握手した二郎さんの若々しい手のひらの感触に二度感激した。

「え、二郎さん、私よりお兄さんなの？　私も頑張らなくちゃ」

数年前、がんであることを公表した。闘病しながらも、Eさんの活動は止まらない。

「智《さとし》君、今度、茨城の大洗《おおあらい》にヒラメを食べに行こう。捕れたてを抱っこさせてくれるのよ」

この夏も、Eさんはそう言っていた。

昨日、Eさん逝去《せいきょ》の報を受ける。秋風が立つなか、自転車で走り去るEさんの声を聞いた気がする。

「智君、走らなきゃ」

二パーセントの真空

盲ろうの状態になって、間もなく三十年になる。光や音の記憶、たとえば風景や音楽についてのイメージは、年々薄れているような気がする。

そうした中で、人間の「声の記憶」は比較的鮮明に残っている。耳が聞こえていたころに誰かと交わした会話の断片や笑い声などを、時折、唐突《とうとつ》に思い出したりする。そんな記憶の一つに、山﨑勉《やまざきつとむ》先生の豪快《ごうかい》な笑い声がある。

山﨑先生は、兵庫県明石《あかし》市の小さな天理教の教会の会長だった。先生との縁は、私が二歳のころに遡《さかのぼ》る。

当時、私は大学病院の眼科に入院していたのだが、たまたま同じ病室の患者さんを先生が見舞いに来られたときからのお付き合いである。その後、母に連れられて何度か先生の教会を訪ねた。私は、ろくなことをしなかった。神床《かんどこ》との間を仕切る結界《けっかい》（木の柵《さく》）にまたがったり、それを鉄棒代わりにしたりして遊んだ。裏庭の池の金魚を手で捕まえようとする。揚げ句に、池をトイレ代わりにしようとして、教会の人に大目玉をくらったりした。

ところが、「まあ、ええ、ガハハハ」と先生は笑っておられる。それで、子供心になんとなく救われたような気がしたのを思い出す。

九歳で失明した私は、思春期のころ「障害と宗教」についてしばしば考えることがあった。「障害」や「病」に宗教はどう向き合うべきなのか。

たとえば『新約聖書』において、障害者に接するイエスの姿には心打たれるものがある。それに対して、天理教はどうなのだろうか……。

生意気盛りの高校生のころ、「先生はイエスの愛をどう思われますか？　キリスト教をどう評価されますか？」などと尋ねたことがある。

すると、先生は「いやあ、わしゃ、何も知らんのや。ガハハハ」と豪快に笑った。清々《すがすが》しく、不思議と魅力的な笑いだった。

このやりとりがあって間もなく、私は聴力を失い、盲ろう者になる。そして、さらにその十五年後、先生ご夫妻に仲人《なこうど》をお願いし、この教会で私は結婚式を挙げるのである。いずれも、予想だにしないことだった。

ところで、山﨑先生の奥様・廣《ひろ》さんは、ろう者である。七歳のとき聴力を失った。廣さんのコミュニケーション法は、発話は音声、聞くほうは筆談や相手の唇《くちびる》の動きを読む読唇《どくしん》などだ。

お二人の結婚は昭和十四年。障害者への差別が、いまよりもずっとひどい時代だったろう。

六十年以上連れ添われて、山﨑先生は先年亡くなった。晩年まで、月に何日も天理に泊まり込み、若い人たちの悩みを聴いた。

廣さんは、九十歳を過ぎたいまも、ご健在だ。大の読書家でもある。

「司馬遼太郎《しばりょうたろう》さんが、西郷隆盛《さいごうたかもり》について言っておられることが心に残っています」

　廣さんがゆっくり、はっきりと語る。

「司馬さんの言うには、人は誰でも自分のことだけを考えて、自分の欲望に従って生きているものだけれど、西郷隆盛は、そうした自分の欲望の中に二パーセントだけ無私の部分があったんではないかって。その二パーセントの無私の真空に、人が引き寄せられたのだろうって」

　私はふと、山﨑先生のことを思った。あの「ガハハハ」という豪快な笑い声は、もしかすると、先生の中にあった無私の「二パーセントの真空」から響く声だったのかもしれない。

ニューヨークのバス

ようやくバスが来た。駅のバス停で小雨のなか、三十分も待っていた。

ところが、一度開いたドアが、また閉じてしまう。運転手は、林檎《りんご》をかじって何か飲んでいる。

「どうなってるんだ?」

私が妻に尋ねると、

「多分あの人、これで仕事終わりなのね」

バス停には三十人以上の人が待っている。勤務終了なのかもしれないけれど、堂々としたものだ。

長期出張でニューヨークに来て、間もなく三カ月になる。ニューヨークで感じるのは、個人主義というのか、マイペースというのか、他人の視線を気にしない人が多いことだ。

たとえば、バスの運転手でもいろんな人がいる。白い杖《つえ》を持った私が乗り込むと、「さあ、誰か席を代わって！」と大声で呼びかける運転手。そうかと思うと、運転も乱暴で、やたらと苛立《いらだ》ち、クラクションをブーブー鳴らす人もいる。

あるとき、普段使わない路線のバスに乗った。

「カレッジ・ポイントに行きますか？」

と、妻が尋ねた。カレッジ・ポイントは、私たちが降りるバス停の名だ。

すると、運転手は顔を上げずに曖昧《あいまい》に頷《うなず》いた。何をうつむいているのかと思うと、驚いたことに、彼は本を読んでいたのである。

おいおい、バスの運転手が普通、勤務中に本読むかよ？

「読むなら乗るな！　乗るなら読むな！」と、文句をつけようと思ったが、情けないかな、とっさに英語が出てこない。

「でも、信号待ちのときは読んでるけど、走っているときは本は閉じてるよ。バスのカードを栞《しおり》にして」という妻のことばに、少しは安心したのだが……。

こう考えると、米国人は他人に無関心なのかと思うけれど、そうでもない。街で道に迷ったりしていると、「何か手伝いましょうか」と必ず声をかけてくれる人がいる。

日本人にも、本当は親切な人は多いのだろう。しかし、日本だと何かで困っていても、見知らぬ人が声をかけてくれることが少ないような気がする。海外経験のある日本の障害者の多くも、似たような意見だ。

そんな友人の一人が言った。

「アメリカでは『サンキュー』って言う機会が多いけれど、誰に対してどういう場面で言っても、必ず『ユー・アー・ウエルカム』(どういたしまして)ってみんな言ってくれるよね」

なるほど。日本ではお礼を言われても、黙っている場合が多いかもしれない。

自分のやり方を通すためには、それと同時に、お互いへの関心を失わず、ことばをかけ合うことが必要なのだろう。

ところで、前述の「読書家運転手」だが、私は、その後もあれこれと彼の様子を妻に尋ねていた。そのせいで気が散ったのか、妻は降りるべきバス停に気づかないでいた。

すると、バスが突然減速して、読書家氏が言った。

「ヘイ！　カレッジ・ポイント」

彼は本だけに関心を向けていたのではなかった。

指で聞く歌

「〽ああー　果てしないー　夢を追いつづけ」

クリスタルキングの『大都会』がラジオから流れている。一九八〇年の暮れ、NHKの紅白歌合戦を私はぼんやり聞いていた。

突き抜けるような高音のボーカルは美しいのに、ひどく切ない。その歌声がヴェールの向こうから聞こえるように、私の耳にくすんで響くからだろうか。

当時、私は十八歳。すでに全盲だった私は、この年の暮れ、急激に聴力も失い、間もなく全盲ろう者となった。

沈黙の夜の世界に閉じ込められた私を救ったのは、母が考案した「指点字」という新たなコミュニケーション手段だ。私は声の代わりに指によって多くの人と出会い、語り合った。

三十年前のあの日、「さとし　わかるか」と母が指で綴《つづ》って以来、指点字は、私と世界をつなぐ懸《か》け橋となった。

ところで、昨年（二〇一〇年）のＮＨＫ紅白。出演者で私がかつて声を聞いたことのある歌手は十人もいない。知っている歌は、森進一《もりしんいち》の『襟裳岬《えりもみさき》』くらいだろうか。

「あ、『トイレの神様』」。妻が指点字で歌詞を伝える。

「〽トイレには／それはそれはキレイな／女神様《めがみ》がいるんやで」

なんだ、この歌？　ヒット曲らしいが、当然、私は知らない。

「〽どうしてだろう？／人は人を傷付け／大切なものをなくしてく」

「〽おばあちゃん／ホンマに／ありがとう」

「ほんまに　ありがとう」のことばが胸に染みた。指で聞く歌も、悪くない。

「ありがとう」と私はそっと呟《つぶや》く。それは、この三十年間、さまざまに支えてくれたすべての人たちに対して、私が口にすべきことばだ。

盲ろう者として生きたこれまでの日々は、「さとし　わかるか」から始まって、「ほんまに　ありがとう」に至るプロセスだったのかもしれない。

美しいことば

「今度の土曜、シェーキーズに行かない？」

級友のＫに言われて、「うーん。あれ、しょっぱいからなあ」と私が答える。

「シェーキーズって何？」と横からＭが尋ねる。「ピザの食べ放題だよ。四七〇円。島にはなかっただろ」とＫ。

「へえ、僕はそもそもピザって食べたことがないなあ」というＭの答えに、私は思わず「ほんまか、おまえ」と驚きの声を上げた。

当時、私は東京の盲学校高等部へ通っていた。一年時のクラスには生徒十四人。その半数は、東京以外の全国各地から集まっていた。Ｍは黒砂糖が名産の南の島の出身で、音楽を専攻している弱視《じゃくし》の生徒だ。

彼はピザもハンバーガーも食べない。おやつには黒砂糖の塊《かたまり》や干しぶどうをつまんだり、小麦胚芽《はいが》を舐《な》めたりしている。そして、ほぼ毎日、上下とも紺《こん》色のジャージを着ている。

土の校庭で持久走を行ったとき、体育教師が言った。

「おいM、靴はどうした？」

「このほうが走りやすいんです」

Mは裸足《はだし》だった。

そんなMだが、ピアノは抜群にうまい。

寄宿舎の食堂に置いてあったグランドピアノを、誰かが弾いている。きらきらと輝くような高音の和音が流れる。フランスの作曲家・ラヴェルの『水の戯《たわむ》れ』だ。それがMの演奏だと分かり、彼の内面の純粋さを見た気がした。

Mは敬虔《けいけん》なクリスチャンでもある。

神はいるのか。いるとすれば、どこにいるのか。なぜこの世界には、さまざまな宗教が存在するのか……。若者らしい真剣な議論を、Mと私は何度も戦わせた。

高校二年生の冬、私は聴力を失い、全盲ろうの状態となった。三カ月間の自宅療養の後、失意のうちに学友のもとへ戻る。寄宿舎の部屋で、Mが私の手のひらに指先でそっと書く。

「しさくは　きみの　ために　ある」

その瞬間、私は確かにある美しい光を見た。

私が直面した過酷な運命を目の当たりにして、それでもなお私に残されたもの、新たな意味を帯びて立ち現れたもの、すなわち「言葉と思索の世界」を、彼はさりげなく示してくれたのだった。

弱視で点字を知らなかったMは、すぐに点字を覚えた。ピアノで鍛えた指の動きはスムーズで、瞬く間に指点字をマスターし、誰よりも素早く打った。

高校を卒業し、私が一年間浪人《ろうにん》したとき、Mはアパートで私と同居してくれ

た。私の最も苦しい時期を彼が支えてくれた。だが、やがて私たちは別々の道を歩むことになる。

その後、Mは心を病んだ。彼の純粋な魂《たましい》は、それが純粋であるがゆえに自らをも苦しめたのだろう。一時は病状が重く、入院もしたようだ。

十年以上が経過したころ、かなり回復して南の島へ帰郷していた彼を訪ねたことがあった。彼は以前にも増して穏やかになり、静かになっていた。

「ラヴェルを弾いてくれないか」と私が頼むと、Mは自室のグランドピアノで『水の戯れ』を弾いてくれる。

ピアノの縁《ふち》に触れる私の指に、日差しに揺れ動く水の煌《きら》めきが感じられる。彼がかつて私の手に書いてくれた「美しいことば」を思い出す。

Ⅱ

せつなさと美しさと

父の夢

父が車を運転している。山の中の狭い道だ。母が助手席で、私と兄二人が後部座席にいる。

父が大声で叫んだ。

「みんな、左に寄ってくれ、バランスが悪い。右は谷底だから危ない」

後部座席の右端にいる私は、左隣の次兄に体を押しつける。車が揺れる。しかし、どうにか危険な場所を通り過ぎたようだ。

父はいま、いくつだっけ、とぼんやり思う。七十八歳?　どうしてこんな高齢の父が運転しているのだろう。兄たちにも運転免許があるのに。え、免許だって?　父には車の免許はないはずだ……。

そこまで考えて、目が覚めた。先日、こんな夢を見た。父は二十三年前、五十五歳のとき病気で他界している。生前、車の運転はしていない。妙な夢だった。

私の夢には映像があまりなく、ほとんどは音と感触だ。それでも、この夢では年相応にしゃがれた父の声もはっきりしていたし、車のガタガタいう音と振動も感じられた。やけにリアルだった。

それにしても、私が十八歳で盲ろう者になったとき、父はどんな思いだったのだろう。当時の父は四十八歳。いま同じ年齢になった私はふと、あらためてそう考える。

一九八一年三月。神戸の実家に帰省して療養していた私だったが、とうとう完全に失聴し、全盲ろうの状態になってしまった。

東京の盲学校に戻るべく、上京の準備をしていた私に、父は何かことばをかけたいと思ったのだろう。しかし、私には、声でのことばはもう聞き取れない。

母が指点字をぼちぼち始めていたが、父には、それはできない。

そこで父は、点字で手紙を書くことを考えた。点字の一覧表を見ながら、生まれて初めて、一人でポツポツ点字を書いた。

ところが、手渡されたその点字の手紙を見たとき、最初、私はまったく読めなかった。まるで暗号のようなことばの羅列《られつ》だ。

しばらくなぞっていて、ようやく解読できた。点字は左から右に読むのだが、点字の筆記具で手書きするときは、右から左に書く。なぜなら、点字を書くときは紙に点の凹《くぼ》みを作り（凹面《おうめん》）、それを読むときは紙を裏返して、点が出っ張った面（凸面《とつめん》）を読むからだ。

つまり、父はそういう基礎的なことも知らなかったので、左から右に書いて、左右まったく逆に文字を並べてしまったのである。しかし、文字そのものは間違っていなかったので、理解できた。

「次々と襲いかかってくる苦痛は、本人にしか分からぬものと思うが、神よりの試練と思って闘ってほしい。

いろんな障害を持つ人たちのために役立つ人間にならしむべく、神が与えくれた啓示《けいじ》かもしれぬ。

おまえの持つ生来の明るさを失うことなく、賢明さに努力を加味して乗り越えていってほしい」

「かつて、おまえを可愛《かわい》がってくれた亡き人たちと、いま生きて、おまえを見守っていてくださる人たちの愛情に応えるためにも奮起してほしい」

この父の願いに、どこまで応えてこられたかは分からないけれど、当時の父の年齢まで、どうにか私はやってきた。母も、兄二人も息災《そくさい》だ。

どこかでいまも、父が必死にハンドルを握って家族を守ってくれているのかもしれない。

今月初めが父の二十三回忌だった。

しっかり生きる

東日本大震災をめぐる連日の報道に胸が痛む。とりわけ、私が心配なのは、被災者の中でもいっそう苦労が多い障害者や高齢者など、「災害弱者」と呼ばれる人たちの身の上だ。そして、一人の盲ろう者のことが心に浮かぶ。

吉田正行《よしだまさゆき》さん。一九九五年一月の阪神《はんしん》・淡路《あわじ》大震災を神戸市長田《ながた》区で体験した。ここは震災後、焼け野原になった地域だ。

当時四十代半ばだった吉田さんは十九歳で聴力をなくし、四十歳を過ぎてからは視力もほとんどない状態だった。一人暮らしをしていた吉田さんのマンションは地震で半壊した。ガス漏《も》れはないか、と必死でにおいを嗅《か》ぐ。床にガラスの破片が落ちていたので、部屋の中でも靴を履《は》いた。

東京や大阪の支援者が駆けつけ、なんとか落ち着いたら、じっとしていられなくなった。彼の行動が始まる。役所に出向き、訴えた。

「私と同じ盲ろうの障害を持つ人が、ほかにも神戸にいるはずです」

ガスが止まった街で電磁調理器と救援物資を手に、盲ろう者を訪ねて歩いた。こうした活動がきっかけとなり、翌年「兵庫盲ろう者友の会」が結成され、盲ろう者のネットワークづくりと行政サービスの充実につながっていく。

神戸は私の故郷でもある。震災がきっかけで、吉田さんとも親しく交わるようになった。人生半ばで二つの障害を持った人の多くは、その精神的ショックに苦しむ。吉田さんも例外ではないが、その苦しみをばねにするかのように、パワー全開で頑張った。

そして、十年。二〇〇六年夏には、盲ろう者の当事者団体の全国ネットである「全国盲ろう者団体連絡協議会」の発足にこぎつけ、初代会長に就任する。

ところが、その発足総会の場に吉田さんの姿はなかった。食道がんのため緊急入院したからだ。まさかの末期がんだった。

病室を見舞った私に、吉田さんは指点字で語った。

「僕という存在を触って、記憶に留《とど》めておいてください」

ベッドの足元の床に立ち、そう言うと、私の手を取った。やせて突き出た頬《ほお》骨とやせ細った膝《ひざ》下に触れさせた。命をぎりぎりまでそぎ落としたような感触だった。

再び病室を訪れたとき、ベッドに横たわって、震える指で吉田さんは力強く私に指点字を打った。

「しっかりいきます。これは、もうすぐ逝《い》くということではなく、しっかり生きるという意味です」

その一週間後、吉田さんは静かに逝った。彼の存在と指の感触、彼の志《こころざし》は、私や多くの友人たちの胸の中でいまも生き続けている。

このたびの東日本大震災でも数多くの方が亡くなった。しかし、誰《だれ》一人として、この世から完全に消え去ったわけではない。いま生きている大勢の人たちの心の中で、亡くなった方一人ひとりが、かけがえのない存在として、これからもずっと生き続けるだろう。

人と人とのつながりは生死の境界を超え、時間や距離を超えて続いていく。それが人と人とのつながりの本質なのかもしれない。

防災とバリアフリー

空気ボンベを背負い海に潜《もぐ》るスキューバダイビングは、よく知られている。では、地上で暮らしながら、常に「目に見えない海水」に潜った状態で生活している人たちのことをご存じだろうか。重い病のために、酸素吸入器や人工呼吸器を常時使用している人たちのことだ。

仙台市太白区《たいはくく》の土屋雅史《つちやまさふみ》さんもその一人で、四年前、全身の筋力が徐々に衰える筋萎縮性側索硬化症《きんいしゅくせいそくさくこうかしょう》（ＡＬＳ）を発症した。人工呼吸器や痰《たん》の吸引器が命綱だ。

五十三歳のいま、全身で動くのは眼球だけだ。その目の動きでパソコンを操作し、一文字ずつ言葉を刻み、このたびの震災体験を綴《つづ》った。

「突然大きな横揺れ、すぐ停電。呼吸器の非常アラームがビーッと鳴った」

土屋さんが普段「潜水」を続けていられるのは、電気によって人工呼吸器などが動いているからだ。しかし停電になれば、頼りはバッテリーだけとなる。いわばバッテリーの残量が、「潜水時」の空気ボンベの残量だ。

「いきなり吸引器が止まった。四十分のバッテリーだ」

幸い、土屋さんは周囲の人の綱渡りのような頑張りでたすかった。ほかにもきわどい例は多く、四月初めには停電の影響で亡くなった人もいた。

これらの人たちが経験した生命の危機は、天災ではなく人災に属する。つまり、地震による長期の停電を、現行の福祉・医療施策が想定していなかったからである。

ところで、いま防災や原発の関係者の口から、「想定外」ということばがよく出される。それを聞きながら、私は「防災とバリアフリー」の共通点を考えた。

たとえば、障害を持つことは多くの人にとって想定外の出来事だろう。しかし、個人にとって想定外であっても、ある社会の中でどういう障害がどの程度の頻度《ひんど》で発生するのか、その全体的傾向は想定できる。その想定に従い、どんな人が人生のどの時期にどのように特殊な障害を持っても、きちんと生活できるように、最善の社会的取り組みを目指すのが、バリアフリーの基本理念である。

一方、地震や津波など自然災害も、いつどこでどんな災害が発生するか、正確には想定できない。しかし、歴史的・地理的観点で、どんな規模の災害が発生するか、その全体的傾向は想定できるはずだ。いつどこでどのようにまれな災害が発生しても、最善の社会的取り組みを目指すのが、防災の目標だろう。

両者には、さらに二つの共通点がある。第一は、防災もバリアフリーも安全と安心、言い換えれば、人の命や夢や希望を守る営みだということであり、第二は、いずれも経済的コストがこれらの取り組みへの制約要因になる点だ。つまり、発生頻度の低い障害や災害であればあるほど、それらへの取り組みは「コスト的に現実的ではない」とされてしまうということである。

しかし、これはおかしな発想だ。本来命や夢や希望は、コストを計測できない価値である。それを経済的コストとてんびんにかける発想自体、根本的に誤っていないか。

このたびの大震災を経験した日本は、従来の物質的な豊かさとしての経済成長を目指すのではなく、人の命と生活の真の豊かさに力点を置いた、社会・経済・科学技術の発展を目指すべきである。

三・一一を人間中心の社会に向かう新たな日本のルネサンスの契機とすることこそ、生を断ち切られた人々の魂《たましい》に報いる道なのだと思う。

夢と希望を

巨大地震と未曾有《みぞう》の津波が残した傷跡が消えない中で、原発事故に伴う不安が広がる。この過酷《かこく》な状況にあって、私たちはどうすればよいのだろう。

そんな思いにふけっていたとき、一人の高齢の米国人女性を思い出した。その人の名は、ユーニス・ケネディ・シュライバー。有名なジョン・F・ケネディ大統領の妹さんだ。

数年前、ワシントンで開かれた国際シンポジウムで講演した私は、たまたま会場に立ち寄られたユーニスと短時間ながら面会することができた。

その当時でユーニスは八十三歳。とても活力にあふれる女性だった。華やかな香水の匂《にお》いが漂う。

開口一番《かいこういちばん》、彼女は言った。

「私、あなたのこと知ってるわよ。元気な歌を聞いたわ。目が見えないけど、歌が上手ね」

ちょ、ちょっと、それは誤解だ。私はここで歌は歌っていない。お付きの人も「違う、違う。彼は目だけでなく耳にも障害があって、日本の大学の先生で……」と何度も説明して、ようやく納得してもらえた。

ユーニスの勢いに圧倒されそうになりながら、ようやく私は言った。

「一九六九年の七月、六歳だった私は、まだ目が見えていて、アポロ11号の月着陸をテレビで見ました。ケネディ大統領は亡くなった後も、多くの人に夢と希望を与えてくれました。あなたがその大統領の妹さんであり、そしてスペシャルオリンピックスを始めた人であることに敬意を表します」

あまり知られていないが、ジョンの妹で、ユーニスのお姉さんに当たるローズマリー・ケネディは、知的障害を持っていた。ジョンが暗殺された前年の一九六二年に、ユーニスが自宅の庭を知的障害者らに開放してデイキャンプを開いたのが、スペシャルオリンピックスの始まりだ。

これは通常のオリンピックとは異なる。競争相手を打ち負かして金メダルを取ることが真の目標ではない。多くの人の助けを借りながら、お互いの勇気を示し合う、そんなすてきな催しだ。その活動が目指すのは、一人ひとりの個人があるがままに受け入れられ、認められる社会である。ジョンも生前支援した。

「ジョンはローズマリーのことを、とても大切に思っていたのよ」

とユーニスが言う。

ニュー・フロンティアを唱え、アポロ計画を提唱したケネディは、究極のチャレンジ精神の持ち主だったに違いない。だが彼は、単に挑戦し、競争に勝った強い者だけが報われる社会を目指していたのではないだろう。

彼が目指したものは、それぞれの人が抱える困難な条件の中で、すべての人が助け合い、夢と希望と勇気を分かち合うような社会だったのではないだろうか。

いま、日本の私たちが目指すべき社会も、おそらくそれと同じだろう。先年、ジョンのもとに旅だったユーニスのことばが聞こえてくるような気がする。

「私は知ってるわよ。日本人はつらいときこそ、みんなで元気良く歌が歌える国民だってことを」

Special Olympics
Eunice Kennedy Shriver

人生の杖

仙台市の早坂洋子《はやさかようこ》さん（29歳）は、マッサージの仕事をしている。「みやぎ盲ろう児・者友の会」の会長も務める。自身も、目と耳に障害がある。少し見えて、少し聞こえる「弱視・難聴者」だ。

小学校から高校までは普通の学校に通った。その後、盲学校でマッサージなどを学んで国家資格を取得した。カラオケや演劇の好きな明るい女性である。

洋子さんに、三月の震災の日のことを尋ねた。地震には、仙台駅の通路で遭遇《そうぐう》した。幸い、通訳・介助の女性と一緒だったので、安全に避難できた。ひび割れた道路や落下した看板の上を、ガイドの人に誘導されて、一時間半歩いて自宅にたどり着いた。

「家の玄関の引き戸が少し開いたままになっていました。手をかけましたが、あかない。どうやら地震で勝手に動いて、真ん中あたりで止まってしまったらしく、しかも家の重心が傾いたのか、玄関に重しがのったみたいで、動かなくなっていたみたいです」

隙間《すきま》を通りぬけて、どうにか自宅に入る。家の中はめちゃくちゃな状態だ。母の姿がない。

「お母さん！　お母さん！」と呼ぶが返事がない。洋子さんの母も難聴なのだ。母は奥の仏間にいた。三日前に買ったばかりの仏壇の中は、仏具はばらばらになっていたけれど、仏壇そのものはしっかりしていた。

「何してるの？　大丈夫？」と声をかける洋子さんに、母が答える。

「お兄ちゃんが心配でね、仏壇揺れて倒れそうになったから、お母さん、ずっと押さえてたの」

（なんて危ないことを……。でも、兄貴が守ってくれたのか、母が無事でよかった）と、洋子さんはほっとしたという。

洋子さんの兄・勇一《ゆういち》さんも、同じく弱視・難聴者で、東京で一人暮らしをしながら、ＩＴ関連の企業で働いていた。その兄が病気で急逝《きゅうせい》したのは、地震の一カ月余り前のことだった。

「危ないから、まずは自分の身を守って、って言うんだけど、母はその後も余震があるたびに仏間にダッシュしてます。母にとっては地震のときは、一に火の元、二に仏壇」

震災から一週間が経過したころ、東京の勇一さんが暮らしていた住所から、一つの小包が転送されてきた。

中から出てきたのは新品の白い杖《つえ》。後で調べてみると、勇一さんが福祉施設に注文したものだった。ちょうど亡くなる前日に配達されたが、勇一さんは仕事で不在のため受け取れず、そのまま送り返され、再び郵送されてきたものだった。

勇一さんは視力は残っていたものの、安全のために、移動の際、白い杖を使っていた。でも洋子さんは、まだ一人で移動できるくらいの視力があるので、白い杖を持つことにはちょっと抵抗があった。

「これって、兄貴が私に白杖《はくじょう》を使えよって言ってるということなのかなって思いました。まだ私は見えているけれど、でも暗いところとか下りの階段とか、危ないときもあるので、気持ちの整理ができたら、私も白杖を使おうと思います。兄貴のためにも、両親のためにも、私が兄貴の分もしっかり生きていかないと」

洋子さんは、新たな「人生の杖」を手にした。

生きたくても生きられなかった

今年（二〇一一年）も終戦記念日が近づいた。広島・長崎への原爆投下を思う月でもある。

大震災と原発事故を経験した私たちは、この八月をどのように迎えればいいのだろうか。例年にも増して、人の命の尊さと原子力の本質を考える機会にしたい。

ところで、一九六二年生まれの私にとって、戦争は本来、テレビや本の中だけの存在のはずだった。しかし、ある時を境に、私のその思いは変化した。

私がまだ小学一年生くらいのころのことだ。父が語った次のような話に、私は仰天《ぎょうてん》した。

「お父ちゃんは中学生のとき、機銃掃射《きじゅうそうしゃ》に遭《お》うたことがある。すぐ隣にいた友達が腹を撃たれた。機銃掃射の傷はな、腹のほうは小さかったけれど、背中のほうはものすごう大きな穴が開いとった……」

具体的にどういう状況だったのかは、よく分からなかった。しかし、父がもう少しで死んでいたかもしれないと、そのとき幼い私が思ったのは確かだ。また、父が死んでいたなら自分も生まれてはいなかったのだろうと思ったことも。

ただし、この父の体験談のことを、私は長く忘れていた。それが先年、鮮明に思い出すことになった。私自身の生育歴を対象として、研究論文を執筆したからだ（そして、その論文を元に拙著『盲ろう者として生きて』を刊行した）。

父の郷里は京都府福知山《ふくちやま》市である。この地で本当に米軍機による機銃掃射があったのだろうか。

父はすでに亡くなっているので、本人に確かめることはできない。それで、いろいろ調べた。その結果、不思議な偶然が重なり、父と同一の機銃掃射に遭《そう》遇《ぐう》した方が見つかった。

その方の証言によると、当時中学一年生だった父たちは、地元で飛行場づくりの勤労奉仕に動員されていて、その帰途、路上で米軍機の機銃掃射に遭遇した。そして、同級生が一人亡くなったのだという。

さて、私自身の生育歴について。私は十八歳で盲ろう者となったのだが、「そのとき自殺を考えなかったのですか」という趣旨の問いを、これまで幾度も受けてきた。

私の記憶にある限り、また日記や手紙などの記録を見る限り、私が自殺を真剣に考えた形跡はない。

なぜだろうか。私自身、あらためて尋ねられると、少し不思議な感じもした。その理由の一つは、この父の体験談にあったと、いまは思っている。つまり「生きたくても生きられなかった人が、この世にはたくさんいるのだ。それなのに自殺をしていいわけはない」という思いが、私の心の底に突き刺さっていたということである。

日本では今年、大震災によって「生きたくても生きられなかった人」が万の単位で一瞬のうちに生じた。その一方で、昨年まで十三年間連続で、日本での自殺者は三万人を超えた。

この三万人のうちの多くの人は、本当は「生きたくても生きられなかった人」かもしれない。自殺者の多くは、その「サイン」を出しているといわれる。「サイン」を読み取るには、語り合うことが大切だ。

この八月は、命を支える語り合いの意味をかみしめる機会にもしたい。

心眼

「先生、何か目の前が白く光って見えるのですが」

手術台で私が言うと、老眼科医が答えた。

「それは君、心眼《しんがん》だよ、心眼」

いまからもう四半世紀前のこと。すでに全盲ろう者になっていた私だが、左目の状態が悪化したので摘出した。それも、指点字で通訳を受けながらだ。局所麻酔なので医師と話ができる。そのとき、左目をたったいま摘出したはずなのに、蛍光灯《けいこうとう》のような白い光が確かに眼前に見えたのである。

この不思議な現象はいまもある。たとえば酒などを飲んだりして血流が盛んになると、脳のどこかの神経が「偽《にせ》の光」を感じるらしい。

障害者は、とかく特別な能力があるように思われたり、ときには聖人のように清らかな人間だと思われたりする。目が見えなければ、それだけ耳が鋭いのではないか、といったように。それは、ある程度事実なのだが、それだけのことだ。「清らかさ」に至っては、もっと怪《あや》しい。私自身を含め、障害者で「清らかでない」とおぼしき連中は多い。つまりは、大多数の普通人と同じということだが。

かつて、「愛される障害者になれ」ということがよく言われた。いまもそういう雰囲気はある。これはおかしな主張だ。たしかに、人に憎まれるより愛されるほうがよいかもしれない。しかし、それは障害とは無関係だ。そもそも、障害の有無に限らず、そんなことをとやかく言われるのは大きなお世話だ。

仮に、性格が暗くて、ひねくれた、いやな障害者がいたとして、それでもその人が最低限、人間として生きていけるような社会、そんな社会の懐《ふところ》の深さが欲しい。

さて、心眼は、本質を見抜く心の働きだ。ただし、見えない私こそ心眼の持ち主、とは私を含めておそらく、誰も思っていない。

形式にこだわらず

在外研究で米国・ニューヨークに滞在して、間もなく一年になる。帰国の時期も近づいた。

世界最高といわれる盲ろう者向けのリハビリ・研究機関である「ヘレンケラー・ナショナルセンター」、そして、盲ろう者や聴覚障害者へのテクノロジー研究と教育にも力を入れるロチェスター工科大学を中心に、調査・研究をしてきた。

なかでも、最大の成果は「人との出会い」だ。多くの盲ろう者やその指導者、研究者らとの間にパイプをつくることができた。

今回の米国滞在で、盲ろう者関連の研究自体は、予想以上にスムーズに運んだ。国の違いはあっても、「盲ろう」という障害をめぐる問題や課題意識は共通しているからだろう。

ただ、日米での文化の差、とりわけ「人種のるつぼ」といわれるニューヨークで暮らす人々との感覚の相違を、たびたび経験した。

たとえば話は飛ぶが、私はマッサージを受けるのが好きで、先日、近所の中国式マッサージ店へ行った。施術料一時間で三十ドル。日本の感覚だと高くない。治療も丁寧《ていねい》だ。

ところが、治療が突如《とつじょ》中断され、その中年の女性マッサージ師は、うつぶせになっている私の背中の上で、なんだかもぞもぞやりだした。どうも、同行者とマッサージ師が筆談しているらしい。

後で聞くと、「二十回前金三百ドル、一回十五ドル、安価」のような宣伝を、彼女が突然書き始めたのだという。

確かに「一回十五ドル」は、お得だろう。だけど、なにも治療中の客の背中の上に紙を広げて、筆談でその宣伝をしなくてもよさそうに思うのだが……。このあたりが、形式にこだわらない「ニューヨークに住む中国人」方式なのだろうか。

ある雨の日。妻が心配そうに言った。

「ベランダに変なダンボールの箱が投げ込まれているんだけど……」

私たちの部屋はアパートの二階にある。その直前、ニューヨークで小包が爆発するという事件があったばかりだ。

「まあ、このアパートを爆破したところで何の意味もないだろうけどね。念のために、持ち上げたりしないで、送り主の名前を見てくれるか」

妻が私の白杖《はくじょう》を持ち出して、そっと箱の角度を変えたら、それは、いつも日本から送ってもらっている点字の雑誌の入った箱だった。

どういうことだろうか。私は想像する。雨が降っていた。玄関の郵便受けには、その箱は入らない。かといって、下に置いたりすると雨で濡れてしまう。

そこで、郵便配達氏はバスケットボールのシュートよろしく、道路から二階のベランダに向けて投げ上げたのだろう。ベランダには屋根があるので、雨に濡れないからだ。

こういうとき、日本ならどうなるか。

日本のまじめな郵便配達屋さんは、小さい郵便受けに必死に挿入《そうにゅう》しようと頑張るか、あるいは仕方なく持ち帰って後日、再配達するか……。

ニューヨーカーは、「濡れない」「すばやく配達する」という二つの条件さえクリアすれば、それでよしと考えたのだろう。

形式とか慣習に縛《しば》られがちな日本人の発想を、ちょっと再点検する必要があるかなと、いま考えている。

教育者の二つの陥穽

上方《かみがた》落語に「池田の猪買《ししか》い」という話がある。大阪の北方で、猪《いのしし》の産地である池田までの道順がなかなか覚えられない男に、御隠居《ごいんきょ》が「知ったかぶり」を戒める。

「道順が分からなんだら人に尋ねたらええのや。……分からんことを分からんと言うのは分からんことやないねん。分からんことを分かったと言うのが分からんことやねん、分かったか？」

「分からん」

ばかばかしいやりとりだけれど、これは至言《しげん》だ。たとえば、ソクラテスの教え「無知の知」の思想と、このやりとりは通底する。ソクラテスは、自分の無知を自覚することが真の知に至る出発点だと考えた。

教育者には少なくとも二つの陥穽《かんせい》が付きまとっていると、私は痛感している。その一つが、「自身の無知の自覚の欠如《けつじょ》」である。

先日、ミドリムシのお菓子というものを食べてみた。「(ミドリムシが)世界を救う!? 未来の食べ物!」というキャッチフレーズを面白いと思ったからだ。そのお菓子の袋に、「(ミドリムシの)すじりもじり運動」というようなフレーズがあった。

「これはなんだ? こんな日本語はないぞ。おかしな造語を使いやがって」と最初は思った。私は本を少しばかり出版したり、新聞・雑誌などに拙文を書いたりもしている。研究者・教育者としての力量はともかく、日本語力にはいささかの自負もあった。ところが、私はまったくの無知だったのである。「すじりもじり」は、りっぱな日本語だったのだ。

たとえば、『広辞苑《こうじえん》』では「性質が曲がりくねっていること。ひねくれていること。曲がりくねるさま」と説明があり、この語を使った俳句まで例示されている。大学教員などといっても、少なくとも私などは、世の中の事象について、ほとんど何も知らないのだ。

幼い子供は、「夕焼けはなぜ赤いの？」という類《たぐ》いの素朴な質問をする。青少年になれば、「なぜ人は生きるのか」などという根元的な問いを自身に向けることもあるだろう。それらに対して、大人たちは「なんでも聞きたがるのが子供というものだ」「青臭い年代だからねえ」などと、分かったようなことを言う。

しかし、大人たちはどれだけのことを分かっているのか？　新聞やニュースで日常的に接していて、授業などでも平気で使っていることば、たとえば、エネルギー、政治、経済、生命など、なんでもよいけれど、「それってなんですか？」と問われて、どれだけの人がきちんと答えられるだろうか。少なくとも、私には自信がない。

もう一つの陥穽は、私たち多くの大人は、自分が子供だったときのことをほとんど忘れてしまっているということだ。あのころの息詰まるような感情、不安、大人への不信、やり場のない怒り、子供同士の残酷《ざんこく》な緊張関係……。

あなたの小学一年生のときの夢はなんだったか。中学三年生のときの悩みは。高校二年生のときの不安は……。私たちは皆、かつて子供だった。それを忘れた大人を、自分たちとは異質な存在として敏感に嗅《か》ぎ分ける能力を、子供たちは持っている。

寿命

歴史上の著名人の経歴を調べる時、私はその人の享年《きょうねん》が気になって、思わず計算してしまう。そして、その結果を見て、何がしかの感慨にふける。当然のことながら、歴史上の著名人といっても、享年はさまざまだ。別に縁もゆかりもないが、若すぎる死に心を痛めたり、長い生涯に訳もなくうれしくなったりする。

たとえば、フランスの天才数学者ガロアは二十歳で死んだ。スペインで生まれ、フランスに定住した大画家ピカソは九十一歳まで生きた。わが国だと、作家の樋口一葉《ひぐちいちよう》が二十四歳。同じく作家でも、野上弥生子《のがみやえこ》は九十九歳……。

なぜ、これほど人の寿命は異なるのだろうか。私はなんの答えも持ち合わせていないけれど、次の二つのことは分かる。一つは、私が少なくとも「いま」は生きているということであり、もう一つは、私を含めいま生きている人間は早晩《そうばん》、全員死ぬということだ。

私は九歳で失明し、十八歳で失聴した。いわば喪失の人生を生きてきた。それでもいま、私は生きており、死という私の生涯における最大の喪失はまだ経験していない。

死を思うことは、すなわち生を思うことであり、寿命について考えることは、生の意味を考えることなのかもしれない。

水のように

二〇一一年十月のある晴れた日曜日。長期出張先の米国・ニューヨークから南部のアラバマ州タスカンビアという小さな町に、私は出かけた。

飛行機を一度乗り継ぎ、さらに最寄りの空港から車で一時間以上走って、やっとたどり着いた。道路には車だけで、人はまったく歩いていない。多様で早足の人々でごった返すニューヨークとは、まるで違う。

百二十四年前の一八八七年三月三日。私がたどった行程よりもさらに遠い道のりを、つまりニューヨークよりもっと北にあるマサチューセッツ州ボストンから、この南部のタスカンビアまでの道のりを、蒸気機関車で旅した一人の女性がいた。その名はアニー・サリヴァン。

歴史上最も有名な盲ろう者であるヘレン・ケラーの家庭教師として、「サリヴァン先生」は、ボストンからこの町に招聘《しょうへい》されたのだった。当時、まだ二十歳の若さである。しかもアニー自身、視覚に障害のある弱視者だった。

ヘレン・ケラーの生家は記念館のように整備されて、いまも大切に保存されている。アニーとヘレンが共に過ごした場所を肌で感じたいと思い、私はこの町を訪ねた。

翌月曜日も快晴。私と妻と指点字通訳のHさん、そしてカメラマンのSさんでヘレンの生家に出向いた。

敷地は広大だが、二階建ての生家自体は、思ったほど大きな家ではない。

アニーとヘレンの部屋は二階にあったという。勾配《こうばい》の急な木の階段を上る。十七段。

アニーが訪れたとき、ヘレンは六歳だった。まるで「小さな野生動物」のようで、この階段を駆け上がり、駆け下りていた、とアニーは記録に書いている。

その階段を踏みしめながら、当時のヘレンの活発さを想像した。

映画や本で有名な、あの井戸小屋に向かう。「ものには名前がある」という認識を得て、ヘレンの輝く知性が覚醒《かくせい》した場所である。

ヘレンのもとを訪れて、ひと月ほど経《た》ったある朝、アニーはヘレンの片手にマグカップを持たせた。そして、そこに井戸の水を注ぎながら、もう一方の手に「WATER」ということばを、「指文字」と呼ばれるサインで綴《つづ》ったのだった。ヘレンは、その瞬間について後年、次のように記している。

「そのとき私は、『WATER』が、いま私の片手の上を流れているこのすてきな冷たいもののことなのだと気づきました。この生き生きとしたことばが私の魂《たましい》を目覚めさせ、光と希望と喜びとをもたらし、そして私の魂を解き放ってくれたのです」（筆者訳）

井戸は手押しポンプ式のもので、錆《さ》びた鉄製だった。私はポンプのレバーを動かしてみた。多くの見学者が同じようにしているせいか、意外とスムーズに動く。しかし、ずっしりと重い。

もう涸《か》れているのだろうか、水は出なかった。そこで、持参していたペットボトルの水をポンプに注いだ。そして、これもたまたま持参していた紙コップに残りの水を入れて、私はポンプと「乾杯」した。

しばしの黙禱《もくとう》。ヘレンとアニーの魂に、胸中で語りかける。

(私はこれから、どう生きればよいのでしょうか?)

そのとき答えはなかったけれど、これを書いているいま、ふと一つのことばが心をよぎった。

「水のように」

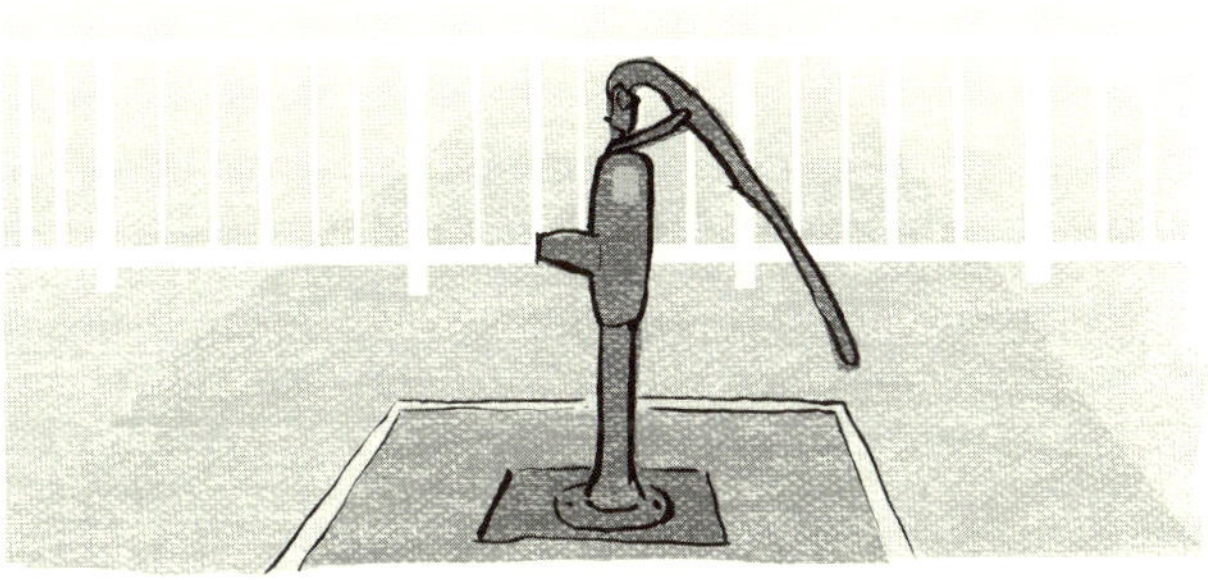

サイパンのナマコ

このところ、戸外での会話がしづらい。この厳しい寒さのせいだ。

何しろ、私は「指点字」を使って会話をする。私の指先に相手の指先でタッチしてもらって、ことばを「聞き取る」のだ。だから、こう寒いと、相手も私も手がかじかんでしまう。

それなら、お互いに手袋をすればどうだろうか。手袋をしても、まあ、なんとか話せるけれど、どうもうっとうしい。

通常の人でいえば、話す人がマスクをして、聞くほうが耳当てをしているようなものだからだ。

しかし、この程度で「寒い」などというと、北国の皆さんには、お叱《しか》りを受けるかもしれない。東京都内は冷え込んでも、せいぜい零度前後くらいだからだ。

たとえば、北海道厚沢部町《あっさぶ》では先日、朝の最低気温が氷点下二四・八度まで下がり、観測史上、最低記録だったという。数字を聞いただけで凍《こご》えてしまいそうだ。

とはいえ、やはり寒いのは私にはこたえる。経験上、摂氏《せっし》五度以下くらいになると、指点字が途端に読みづらくなる。

なぜ、五度なのかは分からないけれど、たとえば、マラソンの適温も低いほうは五度くらいまでだそうだ。人間の体にとって、摂氏五度は何かの境界線なのかもしれない。

さて冬になれば、「せめて夏のほうがまだ良かった」などと思ったりするのが凡人《ぼんじん》の常だ。私はいま、南の島が恋しい。

これまで、私も海外には度々出かけたことがあるものの、ほとんどの場合、仕事がらみの出張だ。仕事以外で出かけた数少ない海外渡航先に、サイパンがある。日本からみれば、かなり南に位置する。

初めてサイパンに出かけたときのこと。飛行機を降りた瞬間、私の全身は淡い花の香りに包まれた。あのふわっとした、南国の空気の感触は忘れられない。

遠浅《とおあさ》の海に入ると、何か柔らかいものが足に触れた。なんだろうと思って拾い上げてみると、それは黒っぽい色のナマコだった。

これは面白い。何しろナマコは動かないので、盲ろう者の私にでも、簡単に捕まえられる。私はナマコが好物だ。「ナマコ酢《す》」を連想して私は興奮した。海の底を足で探る。驚いたことに、そこら中にいくらでもいる。

「よし、これを大量に漁獲してどこかの料理屋に持ち込んで、今夜は大いにこのナマコを食べよう」と私は考えたのである。

ところが、話はそううまくは運ばない。地元の人を含め、いろいろな人に尋ねたけれど「あのナマコは食べられない」「あんなまずいもの、誰も食べない」

……とさんざんの評判なのだ。毒ではないようだが、食用でもないらしい。

考えてみれば、当たり前のことだ。もし食用のおいしいナマコだったら、皆がこぞって獲《と》るだろう。そうすれば、遠浅の海に、あれほど大量に生息しているわけはないからだ。

でも、なんとなくあのナマコが、ちょっとうらやましい気もする。「まずい」と嫌われるために、誰にも食べられることはない。しかし、そのおかげで、暖かな浅瀬の海で繁栄と安息《あんそく》を謳歌《おうか》できている。

私たちは周囲から「嫌われる」ことをひどく恐れて、過敏になってしまっている面はないだろうか。時には、「サイパンのナマコ」を見習うのもいい。

母の祈り

「もし、たとえ一瞬でも、目が見えるようになったとしたら、何を見たいですか」

こういう意味の質問を時折受けることがある。尋ねた人の多くが予想している答えは、「妻の顔」とか「母の顔」といったもののようだ。しかし、私の答えは違う。

「宇宙ですね。夜空の星座や満月。あるいは朝日や夕日でもいい。とにかく、宇宙を感じられるものが見たいですね」

九歳で失明した私だが、十八歳で聴力を失うまでは、さまざまな音を聞いていた。人の声や音楽だけでなく、風の音や潮騒《しおさい》、虫の音《ね》……。しかし、どうやっても聞こえない「音」がある。それは「宇宙から届けられる音」だ。

失明前に、私が最後に星空や月を見たのが、いつのことなのかは分からない。しかし、最後に朝日を見たときのことは覚えている。

一九七二年の元日。九歳になったばかりの私は、母とともに初日の出を見た。場所は神戸の大学病院の屋上。私は眼球の圧力が急激に高くなったので、その四日前から眼科に入院していたのだった。

そのとき、おそらく私は眼帯をしていただろう。だから「見た」といっても、眼帯を一瞬ずらしたくらいだったかもしれない。あるいは、もしかすると眼帯越しに光を「見た」のかもしれない。

母はしきりに私を励ましつつ、祈りのことばを繰り返していた。具体的なことばは覚えていない。ただ、緊張感と不安の入り混じった、ある種の切迫した感情が母から伝わってきたことを、いまも思い出す。

こうした状況下で、私は「最後の日の出」を見た。眩《まぶ》しかった。光が目に染みるように感じた。実際は目の痛みの影響だったのかもしれない。

あれから、ちょうど四十年の時が流れた。

今年（二〇一二年）の元日は東京で迎えた。私の住居はマンションの七階にある。

たまたま早朝に目覚めたので、思いついて初日の出の予想時刻をネットで調べた。東京は午前六時五十分ごろらしい。

六時四十分にベランダへ出た。気温は四、五度というところか。コートも羽《は》織《お》っているので、さして寒くないが、手と顔は冷たい。

しばらくじっと待っていたが、なんの変化も感じられない。触読式の時計を指で触る。もう六時五十分になっている。

考えてみれば、当たり前のことだ。このベランダは東向きではなかったはずだし、仮に光が差しても、私はそもそも目が見えないのだ。

でも、朝の空気は清々《すがすが》しい。近くの幹線道路の交通量も、普段より少ないの

かもしれない。ベランダの手すりに手を乗せて、私は何度か深呼吸をした。そのとき突然、何かを感じた。温度。手すりに乗せた冷えきった手の甲に熱を感じる。

気のせいか、と最初思ったけれど、頬《ほお》にもわずかな暖かさがある。日の出を迎えたらしい。

直接日光が当たっているのかどうかは分からない。だが、日の出とともに気温は確実に上がる。ベランダの端にいたので、間接的にでも光が当たっているのかもしれない。

見えなくて、聞こえない私にも、宇宙を直接感じられる方法があった。地球上のすべての命の母である太陽の光だ。私はいま、生きてここにいる。

四十年前の母の祈りは、無駄《むだ》ではなかった。

せつなさと美しさと

今年（二〇一一年）の夏はニューヨークで過ごした。日本と同じく高温多湿の夏だ。その蒸し暑さの中にあって、燦然《さんぜん》と輝く一夜を経験した。高名なフランス料理家の狐野扶実子《このふみこ》さんと、知人の紹介で出会ったことだ。しかも、狐野さんの心のこもった手料理を、知人宅で頂戴《ちょうだい》する栄誉を得た。

盲ろう者である私には、目で料理を楽しむことはできない。味と香りと食感だけが頼りだ。また、食べることは大好きだけれど、料理についての専門的な知識は私にはない。フランス料理にも詳しくない。それでも、素材が秘めた自然の力を引き出す狐野さんの料理を口にすると、さまざまな色彩や人声、潮騒《しおさい》や風の音などのイメージが広がった。

根セロリを使ったとろりとしたスープには、土の香りがあった。幼い日、郷里の山へ祖父に連れられて山芋《やまいも》を掘りに行ったときの香りだ。

湯をくぐらせたとは思えないほど新鮮なロブスターからは、磯《いそ》の香りが立ちのぼる。神戸にあった実家のすぐ近くは海だった。岩場で父と磯釣りをしたとき、私の竿《さお》の浮きだけは、ぴくりとも動かなかった。

ローストした子羊は臭みが消え、草原を渡る透明な風を思わせる。草いきれのなか、近所の原っぱを共に駆け回ったしんちゃんの笑い声。彼は電車にはねられて亡くなった。

デザートのアイスクリームには、まるでヨーグルトのようにさわやかな香りの白チーズが入っている。ふと、南極を連想した。ペンギンが好きで、南極にも度々出かけた高校時代のA先生は、南極の氷の美しさと、そこに封じ込められた地球の歴史について、まるで少年のように生き生きと語ってくれた……。

知人が狐野さんの料理の感想を私に尋ねた。

「せつない、ですね。たとえば、素材が立ち上がってくるようだとか、作った人の心が交響楽を奏でているようだとか、そうした表現も思い浮かぶのですが、私の端的な印象は、せつなさ、です」

「うれしいです。そうした感想は初めて伺いました。でも、どうして？」と狐野さん。

なぜ、私は「せつなさ」を感じたのだろうか。料理を作るには直接の準備はもちろん、長い努力と経験が必要だ。でも、いくらゆっくり食べたとしても、料理はせいぜい数時間で賞味される。考えてみれば、はかないものだ。

「人が生きることとは、そもそもはかないし、せつないですよね。だからこそ美しい。狐野さんのお料理は、その象徴《しょうちょう》なんだと思います」

たとえば、先ほど私が思い出していた四人は、いずれもすでにこの世にいない。生きるとは、なんとせつないことか。

「人間って長生きしても、せいぜい百年くらいですよね。ある個人のささやかな人生は、宇宙の無限の時間の流れからすれば、無に等しい一瞬の幻《まぼろし》みたいなものじゃないか。そういうことが、ひどく気になった時期があるんです。その答えは小松左京のＳＦ作品が教えてくれました。人はその一瞬の『幻』の中にこそ、永遠の美と喜びを感じ取れる存在なのだと」

小松左京さんの訃報《ふほう》に接したのは、その夜から数日後のことだった。

Ⅲ

命が美しいのは

桜は散っても

「雨のにおいがする」

東京・駒場《こまば》の東京大学先端科学技術研究センター三号館。午後六時すぎに研究室のある建物を出たとき、私はぼそりと言った。

横にいた指点字通訳者が「降ってないですよ。天気も良いですし」と言う。でも、もう一人の通訳者が、ケータイで調べてみると、「あ、今夜から明日にかけて雨だって。確率五〇パーセントだけど」。

後で考えてみると、それは今月初旬に列島を襲った「爆弾低気圧」の予兆《よちょう》だったのかもしれない。

私は特別嗅覚《きゅうかく》が鋭いというわけではない。ただ、目と耳からの情報がないの

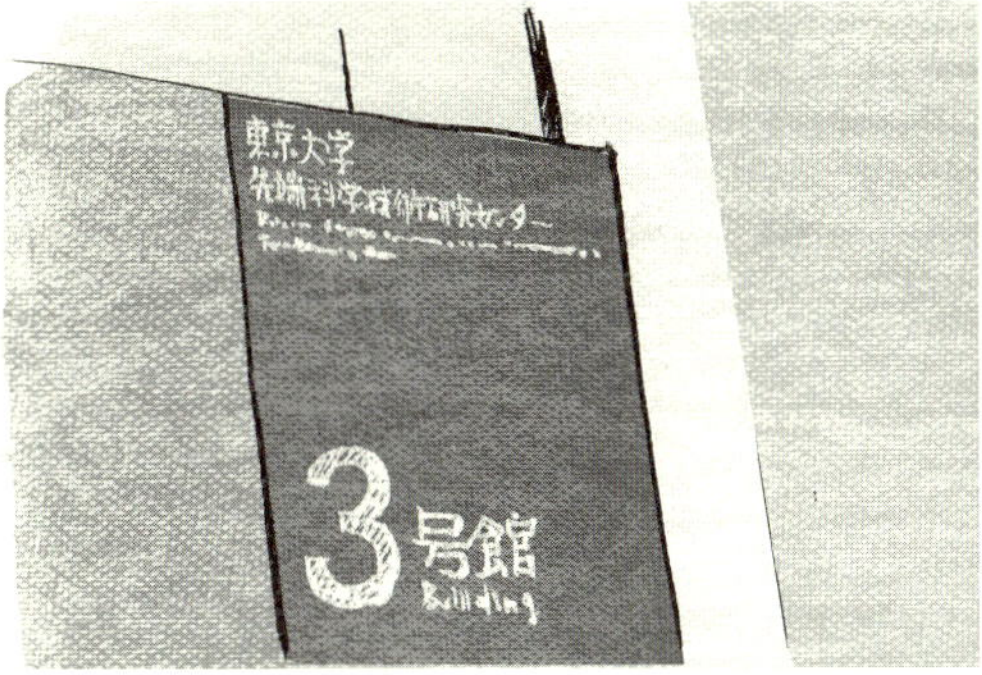
東京大学
先端科学技術研究センター
3号館
Building

で、においには自然と敏感になる。

都会のアスファルトに降り注ぐ埃《ほこり》っぽい雨のにおいは、あまり好きではないけれど、土や木々を濡らす雨のにおいは清々《すがすが》しい。

また都会でも、雨上がりはいつもより空気が少しは澄んでいる感じがして、ちょっと息を大きく吸い込みたくなる。

そして、雨には「予兆のにおい」がある。空気が重くなり、粘り気が出る感じだ。

この春の嵐のせいで、せっかく開きかけた桜のいくらかは、散ってしまったのだろうか。桜は私たち日本人にとって、おそらく一人ひとりの思い出と最も強く結びついている花だろう。

学校でも会社でも、多くの人が別れと出会いを経験する時期に一斉に咲き、そして散るからだ。

私にとっても、桜は特別な花だ。しかも、どちらかといえば、せつなく、つらい思い出と結びついている。

九歳の春に失明した。当時、大学病院に入院していたので、その春に桜の花を見た記憶はない。

十八歳の春には聴力を失った。およそ三カ月の間に急激に聴力を失って、神戸の実家から久々に東京の盲学校に戻ったあの年の春、校門付近の桜は咲いていたのだろうか。

記憶にあるのは、甘く鋭い沈丁花《じんちょうげ》の香りが不安な私を包んだことだけだ。

考えてみれば、この国はこれまで、春につらいことを多く経験してきている。昨年（二〇一一年）の東日本大震災、十七年前の地下鉄サリン事件、遡《さかのぼ》れば太平洋戦争末期の三月の東京・大阪の大空襲、四月の沖縄本島米軍上陸……。

そして、戦争と桜のイメージはどこかで重なる。日本人の心は、桜の妖《あや》しい美しさに、ある種の畏怖《いふ》を抱いてしまうのだろうか。

「桜の樹《き》の下には屍体《したい》が埋まっている！」と、早世の作家はかつて記した（梶《かじ》井基次郎《いもとじろう》『桜の樹の下には』)。

「花の下では風がないのにゴウゴウ風が鳴っているような気がしました」と、坂口安吾《さかぐちあんご》は桜を通して人の内奥《ないおう》の孤独と狂気を描いた(『桜の森の満開の下』)。

同じ孤独と桜を描いても、こちらの詩は、どこまでも透明で美しい。

「あはれ花びらながれ/をみなごに花びらながれ/をみなごしめやかに語らひあゆみ」「ひとりなる/わが身の影をあゆます甃《いし》のうへ」(三好達治《みよしたつじ》『甃のうへ』)

私には、詩人の感性はないので、「花より団子、それより酒」などと無粋《ぶすい》なことを言っている。それでも、とにかく今年のこの国の春が穏やかなものとなるよう願って、乾杯《かんぱい》!

ことばよりも

「好きな動物は何ですか？」

こんな無邪気《むじゃき》な質問を受けることがある。

「人間」が一番好きだけれど、質問者の意図はそれを除いて、ということだろうから「豚《ぶた》とイルカです」と私は答える。

そうすると、ほとんどの人は「イルカはともかく、どうして豚が好きなんですか？」「トンカツがお好きなんですか？」などと、なんとなく失礼なことを尋ねてくる。

私は何年か前に、山奥にある〝豚の公園〟に出かけたことがある。人間によく馴《な》れた豚たちが「タイチ」君とか「サユリ」さんなどといった名札を着け、洋服を着て闊歩《かっぽ》している。

私は「タイチ」君につかまって、一緒に公園内を少し歩いてみた。「盲導犬」ならぬ〝盲導豚〟である。

豚のおなかを触ると、なんともいえない安らぎを感じる。彼らの多くは、いずれ私たち人間の胃袋に入ってしまうという冷厳な現実はある。それでも、彼らの体、特におなかを触っていると、なんともいえない幸福な気分になれるのだ。

イルカには、南の島パラオで触れた。海を仕切った「海水プール」のような所で飼われているイルカと遊ぶ。イルカにつながっているロープを左手で握り、右手でイルカの背中を触って一緒に泳いだ。

イルカの肌はつるつるしていて、とても滑《なめ》らかだ。そして、全体に丸みを帯びていて、なでているだけで優しい気分になる。

豚もイルカも、当然ことばは発しない。都会の忙しさの中で、日々言語と文字の洪水に溺《おぼ》れそうな生活をしている私にとって、彼らの丸みを帯びた無言の肉体は、それ自体が癒《い》やしを与えてくれるのかもしれない。

「ことばがない」といえば、同じパラオでおかしな経験をした。たまたま同行のメンバーと別れ、私一人でマッサージを受けることになった。

下着一枚になり、ベッドに横たわる。男性のマッサージ師だ。仰向《あおむ》けでおなかを揉《も》んでくれた。どうも冷房が強くて、かなり寒い部屋だ。

そうこうするうちに、私はトイレに行きたくなった。通訳者はそばにいない。仕方なく「すみません、トイレに行きたいので連れていってもらえますか」という意味のことを下手な英語で言ったら通じたらしく、彼は私をトイレに案内してくれた。

個室に入って用を済ませる。始末をして出ようと思ったが、どこを探してもトイレットペーパーが見つからない。普段なら上着のポケットなどにティッシュを入れて持ち歩いているけれど、何しろこのときは下着一枚だ。

さあ、弱ったぞ。仮に下手な英語で「ペーパーがないから、持ってきてくれ」と私がトイレの壁越しに怒鳴っても、私をトイレに連れてきてくれた彼に聞こえるかどうか分からない。もし聞こえたとしても、彼の返事は私に聞こえない。どうしたものか、と私は便座に座りながら思案した。

すると突然、両膝《ひざ》の上に何かが乗っかった。触ってみると、新しいトイレットペーパー一ロールだ。横を触ると、外国のトイレによくあるように、個室を仕切る壁の下が三、四十センチほど空いている。

つまり、彼は隣の個室の壁の下から私の様子を覗《のぞ》いて、ペーパーがなくて私が困っているらしいことに気づいた。ことばをかけたのかもしれないが、私には聞こえない。それで直接行動に出て、ペーパーを私の膝の上に〝トス〟してくれた、というわけだ。

私は救われた。ことばよりも大切なものが、時にはある。

思い出はエヴァーグリーン

新緑の季節になると、思い出す人がいる。四十一歳で亡くなったKさんのことだ。

全身の感覚と運動機能が徐々に奪われていく難病と彼は闘った。

その極限状況の中で、彼が紡《つむ》ぎ出した俳句がある。

「指点字　手のぬくもりで春を知る」（二〇〇二年六月）

この句を詠《よ》んだ年の秋には、彼は指点字の読み取りが難しくなり、背中に仮名文字を書いてもらう方式へ移行する。

やがて、その方法も困難となる。そこで、わずかに感覚が残る左の頬《ほお》に、話し相手が指で字を書いて、ことばを伝えるようになった。

私がKさんに初めて会ったのは、ちょうどそのころのことだ。ベッドに横たわる彼からのことばは音声だけれど、全力を振り絞らねば、発話ができない。だから、彼との対話可能な時間はごく短い。

この凝縮された時間に、どういうことばを伝えればよいのか。普段、ことばに詰まることなどほとんどない私だが、彼との対話は、まるで書き直しの許されない文字をクリスタルの板に刻み込むような、そんな硬質の緊張感を伴った。とはいえ、私と彼は同世代で同性。子供のころのザリガニ獲《と》り、アポロ11号の月面着陸、二人が共に愛するボルドーの赤ワイン……。ひと言話せば、共通の話題がすぐに広がった。

だが、Kさんの試練は続く。まもなく、気管を切開し、音声での発話ができなくなったのだ。目が見えていれば、文字盤を使った視線での会話も可能だろう。手が自由なら、筆談もできる。しかし、いずれの方法も、Kさんには閉ざされた。このハードルを突破したのは、彼の支援に当たっていた女性が考案した、究極の会話法だった。

点字は六つの点の組み合わせで出来ている。それぞれの点には、一から六までの番号が付いている。そして、これらの点が「ある」か「ない」かの組み合わせで一文字を構成する。たとえば「あ」なら、一の点が「ある」だけで、二から六はすべて「ない」という具合だ。

そこで、Kさんの左頬に1から6までの数字を書いていき、わずかに動く彼の顔（頭）の縦横の動きで「ある」「ない」を示してもらい、この動作を六回繰り返して、ようやく一文字を構成する。もはや神業《かみわざ》的な会話法だ。

「ワ、イ、ン、あ、る」

かつてソムリエばりにワインを研究したKさんが、ご家族に用意を頼んだという赤ワインを私に勧めてくれる。この五音の「発言」をするために、いったいどれだけ彼は苦労したろう。ワインの香りは悲しいほどの光沢があり、深く、美しい。

「盲ろうの過去の記憶はエバーグリン」（二〇〇四年七月）

光と音を失っても、思い出はいつまでも鮮やかだ、という意味だろうか。「エヴァーグリーン」は常緑樹やその色のことで、また「永遠の新鮮さ」をも意味する。

Kさんが初夏の光の中に永遠に去ってから、今年で七度目の新緑の季節である。

身の丈にあった人生

山を歩いていた。京都府の福知山《ふくちやま》市近郊の山だ。祖父と二人である。私は八歳くらいだったろうか。季節は秋。木々の紅葉が鮮やかだった。福知山は両親の郷里なので、私も時折帰省していた。

突然、祖父が立ち止まり、道端の土を掘り始める。

「なに、しとるん？」

「むかごや、山芋《やまいも》がある」

私は丸い実を採って、食べてみた。確かに、とろろ芋のような味がする。祖父が土の中から大きな山芋を掘り出した。

また、祖父が立ち止まった。なすびのような紫色のものが木になっている。

縦に割れ目があって、中には白い果肉と黒い種がある。

「食べたことあるか、あけびや」

初めて見た。

当時、私が暮らしていた神戸の街では見かけない。ちょっと舐《な》めてみた。甘い。夢中で食べた。

それから一、二年後、私は失明し、それと前後して祖母が急逝《きゅうせい》した。

この二つが重なったせいか、祖父は随分《ずいぶん》ふさぎ込んでいた。もともと大酒飲みだったが、ますますひどくなったようだ。

「おじいちゃんがな、最近、夜中におばあちゃんのお墓の前で酒を飲んだりしてるらしい。この前は（木製の仮の）墓を引っこ抜いて、それを抱いて墓場で寝てたらしいんや」と、父があきれて苦笑しながら、しかしやや悲しげに語っていたことを思い出す。そうした祖父を慰める意味もあったのか、一時期、私はよく祖父に会いに出かけた。そして、酔っぱらった祖父の話し相手になった。

兵庫県北部で育った祖父は、子供のころ、冬は雪の道を裸足《はだし》で走って学校へ通った。いたずら小僧で、よく大人に叱《しか》られた。あるときなど、お寺の大屋根へ上って〝行方不明〟になり、慌《あわ》てた村の大人たちが捜索するのを屋根の上から見物して喜んだりした。

戦争に召集されたときは、輜重兵《しちょうへい》で食料など物資の輸送を担当した。「嫌《いや》な上官がおってな。ひどい目によう（よく）遭《あ》わされた。そういうときはな、体には悪いんやけど醤油《しょうゆ》をコップでぐいと飲む。そうすれば熱が出る。それで『隊長、自分は病気であります』と言えば、さぼれた」

実際の祖父は腕の良いブリキ屋で、勤勉だった。前夜に一升瓶《びん》を一人で空けても、早朝からトンカン、トンカンと仕事をしているので、驚かされた。

晩年、祖父を病床に見舞ったとき、たまたま私は東京の高校に合格した直後だったので「僕は東京の学校に受かったで」と報告した。すると、祖父が苦しい息の下で、

「行かいでもええ（行かなくてもよい）」

と言ったことばが、いまも忘れられない。

そのときは、何かちょっと違和感があった。「そうか、頑張れ」ということばでも期待していたからかもしれない。

でも、いま振り返ると「無理はするな。自分の身の丈《たけ》で生きればいい」という意味だったのだろうかと思ったりする。

最近、私は、自分の肩に力が入り過ぎていて、身の丈を超える生き方をしている、と感じることがある。

戦場で醤油を飲んで命がけで〝さぼった〟祖父の姿勢を忘れまい。

祖父が逝《い》って三十三年になる。

三診の心

玄関先でワイシャツの襟元《えりもと》を確かめた。六月八日の午後は、盛夏を思わせる日差しだった。黒のスーツとネクタイでは、やはり暑い。そのとき、ふと「おい、福島。おまえ、黒ずくめのその格好も、あんがい似合うじゃねえか」ということばが心に浮かんできた。

不謹慎にも、ひとり胸中で私は苦笑した。

寛仁《ともひと》親王殿下が、本年（二〇一二年）六月六日に逝去《せいきょ》された。多くの人には「ひげの殿下」とお呼びするほうが、親しみが湧《わ》くだろうか。

逝去の二日後、赤坂御用地へ私は弔問《ちょうもん》に伺った。殿下とは少しご縁があったためか、お屋敷の玄関での記帳に加えて、殿下のご遺体が安置されている奥の間にまで案内された。

「ひげの殿下」といえば、豪放磊落《ごうほうらいらく》なお人柄と、型破りなその言動が、時に波紋を生じさせることもあった。だが、それと同時に皇族の方々の中でも、一般庶民の感覚に最も近い雰囲気をまとっておられたのではないか。

その「皇族」について、面白いことを殿下が語っておられる記事を、かつて読んだことがある。

「私はよく『皇族だとご不自由ですね』と言われるが、族というひとくくりの言い方は好きではない。族には『暴走族』もあるわけだし、思いこみは良くない。私には自由もあれば不自由もある。同じ人間なのだから」

ここで「暴走族」が例えに出てくるところが、殿下らしい。何しろ殿下は、かつてニッポン放送（ラジオ）の有名な深夜番組『オールナイトニッポン』のＤＪをなさったこともあるというのだから、驚く。

一方、殿下は他の皇族の方々と同様、障害者を含めたさまざまな領域の福祉活動に力を注《そそ》いでこられた。

しかも異色なのは、殿下ご自身が、がんなどの病と長く厳しい闘いを続けてこられた「当事者」でもあり続けた、という点だ。がんなどによる手術や治療は十数回に及んだという。

晩年、殿下は手術の影響で、音声での発話が困難となった。しかし、それにくじけることなく「人工喉頭《こうとう》装置」を使って、ボイス・トレーニングを熱心になさった。以前から面識のあった私は、そのトレーニングのお相手の一人を仰せつかった。

「病気や障害があるのは、どうにもならない。だけど、努力できることはしなきゃ駄目《だめ》だぞ。おまえ、腹が出ているじゃないか。ちょっと、そこで腹筋運動やってみろ」と言われて、図らずも殿下のお部屋の床で私は腹筋運動を三十回やって、ようやくお許しが出たのだった。

別のとき、講演の中で次のように話しておられたのが心に染みた。

「障害者に接するときは、まずその人をよく観察する（視診）。次に声をかける（問診）。そして、手を取って触れてみる（触診）。この『三診』が大切です」

おそらく、この洞察《どうさつ》は障害の有無にかかわらず、すべての人との関わりにおいて、大切な意味を持っていることだろう。

ご遺体が安置されているお部屋には、百合《ゆり》の花の香りが漂っていた。棺《ひつぎ》に触れる。

棺の縁《ふち》に私はそっと、指点字で語りかけた。

「どうぞ、安らかにお休みください」

動きながら、考える

伊豆大島《いずおおしま》の三原山《みはらやま》に登ったことがある。

いまからちょうど三十年前、盲学校の高等部三年生を終える直前の卒業旅行のときだ。

火口《かこう》近くまで登ったとき、担任の塩谷治《しおのやおさむ》先生が私に指点字で語りかけた。

「僕も二十歳くらいのころ、一人でここに登ったことがあるよ。ちょっと、一時的な感傷に駆られてね。でも、そのとき感じたのは、自殺なんてそう簡単にできるものではないな、ということだったね」

そのときの塩谷先生にどういう事情があったのか、私には分からない。また、実際に自殺を試みようとして三原山に登ったのかどうかも不明だ。ただ「二十歳のころ、ここに来た」「自殺など簡単にはできない」という二つのフレーズが、強く印象に残った。

その前年（一九八一年）の春、私は全盲から全盲ろうになる。三カ月の療養の末、高等部三年に復帰することになった。しかし、私の心中は不安でいっぱいだった。学校復帰を目前にしたある日、私はそうした不安を塩谷先生にぶつけた。

私は高校二年生の終わりに盲ろう者となったわけだが、そもそも高校を卒業できるのか。もともと大学進学を希望していたけれど、目が見えないだけでなく、耳も聞こえなくなったので果たして大学進学など可能なのか。また入学はできても、その後、大学での生活を送っていけるのかどうか。さらにいえば、もし大学を卒業したとしても、仕事があるのかどうか……。

そのとき塩谷先生は、考案間もない指点字で次のように私に語った。

「先のことをいろいろ考えたって誰《だれ》にも分からないよ。日本の盲ろう者で大学に進学した人はこれまでいないそうだけれど、前例がないなら君が挑戦して前例になればいいじゃないか」

「君が大学進学を希望するなら応援するよ。うまくいかなければ、そのときまた考えればいいさ。とにかく一歩動く。動きながら考える。それしかないよ」

そうか、まずは一歩踏み出す。歩きながら、動きながら、考えればいい。そう思ったとき、私の気持ちはすっと楽になった。

話は塩谷先生の若いころに戻る。先の三原山のエピソードの後、先生は早稲《わせ》田《だ》大学に入学する。そして、同級生になった全盲の男性と、たまたま知り合った。

その男性は沖縄出身で、子供のころ戦時中の不発弾が暴発して失明した。まだ返還前の沖縄から苦労して東京の大学に入ったのに、点字の教科書がない。

塩谷先生は彼のために教科書を作ろうと、点字を学び、同時に点訳グループも結成する。ところが、その全盲の彼は、四年生の八月十五日に陸橋《りっきょう》から飛び降りて自殺してしまう……。

この話を私が知ったのは、最近のことだ。塩谷先生は親しみやすく、現実的で行動力にあふれている。しかし、その一方で、どこか「しん」と静まり返ったような清廉《せいれん》で澄明《ちょうめい》な領域を、その内面に持っているように感じられるのは、こうした体験とも関係があるのだろうか。

ところで、本稿の脱稿期日が、先生の魂《たましい》の友の命日と同じ八月十五日という偶然の符合に、私はいま不思議なものを感じている。

それぞれの「光」

神戸に住む母から今朝《けさ》、メールが届いた。白内障《はくないしょう》のため、眼科に入院しているらしい。昨日、右目の手術を終え、今日は左目の手術を受けるのだという。「私の部屋は東向きの窓に面していて、外の景色が気に入っています。真っすぐに上り坂があり、緑の並木道の間を車が絶えず上り下りしています。右手に小学校があり、秋の運動会の練習をしています」

こうした描写ができるくらいなら、深刻な容体ではなさそうだ。

私自身は、ちょうど四十年前の一九七二年に失明した。その後の九年間は、音の世界が私にとっての「光」となり、さらに聴力を失ってからは、指点字で伝えられることばが新たな「光」となった。

母のメールから連想し、ある事故のことを思い出した。ちょうど三十年前の八二年のことだ。その前年に、すでに全盲ろう者となっていた私は、大学進学の準備のために、都内のアパートで浪人《ろうにん》生活をしていた。

六月のある午後。全盲のK子さんと私は裏通りを歩いていた。二人とも白い杖《つえ》を持っている。

急にK子さんが前のめりになり、次いで私のシャツの胸の部分を引っかいた。あとで分かったのだが、駐車中のトラックのバック・ミラーに彼女がぶつかったのだった。

「眼《め》を打った?」「そう」「血は出てる?」「うん、出てる」といった短いやりとりをした。

そしてK子さんは、また強く私の胸を引っかいてから「(眼球を)摘出しなきゃいけない」と、くぎのようにこわばった指で、すばやく指点字を打った。

K子さんは全盲だったが、眼球は残っていた。眼球破裂の大けがだった。胸を触ると、私のシャツは、K子さんの眼から出た血でぐしょ濡れになっていた。周囲の状況が分からず、焦燥《しょうそう》に駆られる私に、K子さんが指点字で伝える。

「人が来た。救急車を呼んでくれる」

この極限状況下で、私とのことばの回路を閉ざすまいとしてくれていた。

「救急車が来た。東大分院に行ってもらう」

事故現場の最寄りではない。一瞬、なぜ？　と思ったが、すぐに納得した。当時、文京区《ぶんきょう》にあった東大病院分院は、私の出身校である盲学校のすぐ隣だ。つまり、K子さんはとっさに、緊急入院・手術という今後の展開を予想し、私が一人で放置される可能性を考え、そうならないように病院をも選択したのである。

当時、私は十九歳、K子さん二十四歳。なぜ、その若さで、これほどの切迫した状況で、落ち着いて行動できたのか。後年、新聞記者に尋ねられたK子さんは、「(その三年前に) 兄が焼身自殺したとき、これ以上の衝撃は自分の人生には起こらないと思っていたので、どこか冷静なところがあった」と答えている。

いまK子さんには四人のお子さんがいる。おそらく、いまのK子さんにとって、お子さんたちの存在が「光」なのだろう。

母がメールで続ける。

「同室の婦人は四歳年上ですが、話がよく合って、二人で一日中笑ってばかりいます。楽しく過ごせて幸せです。昨日（手術した）右目は眼帯も外し、よく見えます」

人には、それぞれの「光」がある。

自分の「人生づくり」

幼いころ、近所のわんぱくどもと空き地に小屋を建てようとしたことがある。自分たちだけの「隠れ家」を作ろうと思ったのだ。皆、板切れや角材を持ち寄った。だが、そこで途方に暮れてしまった。誰も小屋の作り方を知らなかったからである。

成人を迎えたころ、私はまた途方に暮れた。今度は小屋作りではなく、自分の「人生づくり」の方法が分からなかったからだ。

十八歳までに視力と聴力を失い、盲ろう者となった私は、二十歳で大学に進んだ。盲ろう者としての大学進学は日本初。マスコミは「日本のヘレン・ケラー」などと持ち上げた。私を支援してくれる多くの人たちもいた。しかし、なぜか私は孤独だった。

春の夜。下宿の六畳間で、点字書の入った段ボール箱に囲まれながら、私は一人で思い悩んでいた。

「これからの人生で、俺《おれ》は何をすればよいのか」

「俺にいったい、何ができるのか」

あれから三十年、私の人生はいまも悩みと迷いの連続だ。ただ、先の問いへの答えは、少し見えてきたような気がする。

いまの若い人の中には、人生設計をしっかり持っている人もいるだろう。だが、将来の展望がはっきりせず、かつて私が抱いたのと同じ問いにぶつかっている人もいるのではないか。

ところで、若いころもいまも、いわゆる「成功」した人の人生訓や努力論を、私はあまり好まない。そういうものを読むと、「そら、あんたは偉い。だけど、あんたと俺は違う」という思いが湧《わ》いてくるからだ。したがって、ここでも「成功するには、諸君は努力すべきだ」などと言うつもりはない。ただ、「自分の人生にあまり不満を感じないで済むコツ」を紹介したい。

それは、自分の人生の「主語」を常に自分にする、ということだ。つまり、自分が人生で何をしたいのかは、「自分（あなた）」が考え、どんな生き方をするのかも「自分」が決める、ということである。

もちろん、人は「自分」だけでは生きられない。多かれ少なかれ、生きることとは他者との共同作業だ。ただし、それを前提としつつも、人生を決める主体は自分しかない、ということである。

逆に言えば、自分ではない「誰か」や「何か」を主体にしていたら、あなたは人生の主人公でなくなってしまうだろう。

成人とは、自らが己の人生の「主語」に成りきることなのだと思う。

負われて見たもの

金木犀《きんもくせい》の香りが流れてくる。秋が訪れたようだ。この東京にも、赤とんぼはいるのだろうか。

「〽夕焼《ゆうやけ》小焼《こやけ》の赤とんぼ　負われて見たのは　いつの日か」

あの懐かしいメロディーとともに、やはり懐かしい詩が心をよぎる。私も幼い日「負われて見たもの」が幾つもあった。

夜。神戸市の外れにあった実家近くの道。虫の音《ね》がにぎやかだったから、秋だったのだろうか。そのとき私を背負っていたのは、長兄だった。

まだ小学生の兄が、近所に一人で買い物に行く。当時の夜は闇《やみ》が濃い。たとえ幼い私でも、道連れがいると心強いということで、私は背負われていたようだ。

そのとき私が「負われて見た」のは、星空だった。たくさんの星の中で、ひときわ明るい星があった。いまから考えると、白鳥座《はくちょう》の主星・デネブだったのかもしれない。

長兄は私の七歳上なので、対等にけんかをするなどということはなく、だいたいが遊んでもらっているという感じだった。しかし、少し理屈っぽい兄は、こましゃくれていた私と、ばかばかしいことでも真剣に話をしてくれた。

「お兄ちゃん、アイスクリーム食べへんか」と私が言うと、「これはアイスクリームやない」と兄が言う。なんでやと尋ねると、

「アイスクリームは乳脂肪が八パーセント以上のものしかいわへんのや。これはアイスミルクや」

テレビで「ムーミン」を見ていて、「どこの国の話やろ」と私が尋ねる。「フィンランド辺りとちゃうか」と兄。

が考えだす。

「スノーク（登場人物の一人）は王立学習院卒業らしいで」と私が言うと、兄

「王立か……それならノルウェーか、スウェーデンか？　フィンランドは、いまはソ連の属国みたいなものやけど、昔のことは調べてみないと分からんな」

私が中学生のころには、宇宙の起源や国際情勢など堅い話題の一方で、「オバケのQ太郎」が歩くときの「ブッブッ、ブッブッ」という擬音は左右の足でなぜ高さが違うのか、などと相変わらずばかげたことも真剣に議論した。

幼いころから世話ばかりかけていた私なので、私が兄のために何かをしたという記憶がほとんどない。そんな兄から数年前、相談のメールが届いた。

通っている高校の校風が合わず、兄の娘（私の姪《めい》）が学校を辞《や》めたいと言っているとのこと。兄は随分《ずいぶん》悩んでいる様子だった。私は姪と何度かメールのやりとりをして、「つらい思いをして無理に学校に行かなくていいよ。学校は人生における一つの手段であって、それ自体が目的ではない」という趣旨の助言

をした。そして、姪は高校を中途退学した。

結果的には、それが良かったようだ。退学後、姪は予備校などで伸び伸び勉強した。そして「高卒認定」（旧・大検）を経て、現役で東大に合格する。

私が受け持つ少人数の授業を履修《りしゅう》した学生の中に姪がいると分かったときは、感慨無量だった。

その姪が来春、社会へ巣立つ。かつて経験した挫折《ざせつ》は、彼女の未来に必ずプラスに作用すると信じている。

大学の私の部屋は五階にある。窓を開けると、金木犀の甘く濃密な香りが、降りだした秋雨に溶け込んでいる。いまの子供たちが「負われて見るもの」はなんだろうかと、ふと思う。

心で見る

「生まれつき目の見えない人は、どのように外界を認識するのでしょうか」

こういう趣旨の質問を時折受ける。私は全盲だが、九歳までは見えていたので、そのときまでの記憶がある。私自身、関心があり、生まれつき全盲の友人に尋ねたことがある。

「たとえば、動物について、どんなイメージがある？」

「そうだな、犬とかだと、なでたり触ったりしたときの感じかな。鷹《たか》のような直接触れられないような動物だと、剝製《はくせい》の感触とか」

「では、たとえば窓の向こうに高層ビルが見えているとする。そのビルのイメージは？」

「うーん。ビルのコンクリートの壁を触ったときの、あのざらざらした感じかな」

ところで、日本語の「盲目」にせよ、英語の「blind《ブラインド》」にせよ、これらの語は「目が見えない」という意味だけでなく「物事の本質が分かっていない」というニュアンスでも歴史的に使われてきた。

一方で「大切なものは目では見えない」という趣旨の表現にもよく出合う。たとえば、サン＝テグジュペリの名作童話『星の王子さま』には次のような場面がある。

キツネが王子に語る。

「ぼくの秘密を教えてあげるよ。とても簡単なことさ。心で見ないと、なにも見えない。いちばん大事なことは、目には見えない」（石井洋二郎《いしいようじろう》訳）

ヘレン・ケラーも類似の内容を記している。

「この世で最もすばらしく最も美しいものは、目で見ることも手で触れること

もできない。ただ、心で感じられるだけである」(『楽天主義』岡文正《おかふみまさ》訳)

普段、目にしているはずなのに、「見えていなかった」と感じられるものもある。

たとえば、トルストイの『戦争と平和』で、主人公の一人アンドレイが戦場で重傷を負って倒れたとき、彼は初めて「高い空」を見る。

「……この高い果てしない空を雲が流れている。どうしておれは今までこの高い空が見えなかったのだろう? そして、おれはなんて幸せなんだろう、やっとこれに気づいて。そうだ! すべて空虚だ、すべていつわりだ、この果てしない空以外は」(藤沼貴《ふじぬまたかし》訳)

『新約聖書』にも「見ること」をめぐって有名な場面がある。ある生まれつきの盲人について、弟子たちがイエスに尋ねる。

「この人が生まれつき盲人なのは、誰が罪を犯したためですか。本人ですか、それともその両親ですか」

イエスが答える。

「本人が罪を犯したのでもなく、また、その両親が犯したのでもない。ただ神のみわざが、彼のうえに現れるためである」

ここでの「神のみわざ」は、開眼の奇跡などの、表面的なことではないだろう。なぜなら、すぐ後の部分でイエスが次のように語っているからだ。

「もしあなたがたが盲人であったなら、罪はなかったであろう。しかし、いまあなたがたが『見える』と言い張るところに、あなたがたの罪がある」

キツネが言う「いちばん大事なこと」、ヘレンが言う「最も美しいもの」とはなんだろうか。それはアンドレイにとっての「高い空」であり、イエスが言う「見える」ということにも関係するのかもしれない。

何が見えるか、と自身に問うてみる。

苦悩の意味

これまでテレビや雑誌、あるいは舞台上などで、何人かの人と対談した。おそらく、最もスピーディーな切り替えが必要だったのは、黒柳徹子《くろやなぎてつこ》さんだろう。テレビの「徹子の部屋」に私は二度出演したのだけれど、年齢をまるで感じさせない彼女の頭の切り替えの早さに舌を巻いた。

これとは別の意味で、頭を常に三六〇度回転させねばならなかった相手は、先年亡くなったSF作家の小松左京《こまつさきょう》さんである。

最新の宇宙論から突然、古典落語や都々逸《どどいつ》の話題になり、そこから宇宙人との出会いの夢を語り、今度はいきなり「下《しも》ねたギャグ」の連発……という具合だ。

こうした中で、おそらく最も落ち着いて深いテーマを語り合えたのは、三年ほど前に対談した天理教表統領《おもてとうりょう》(当時)の上田嘉太郎《よしたろう》先生だったと思う(道友社刊『すきっと』第十四号「対談・今を語る」収載)。

これまで天理教をはじめ、何人かの宗教関係者と語り合った経験があるけれど、私にとって上田先生は最も話しやすく、また話が通じやすい人だと感じられた。

話題は、私があるテレビ番組で語った「苦悩の意味」というテーマになった。ナチスドイツの収容所に入れられたヴィクトール・フランクルは「絶望＝《イコール》苦悩－《マイナス》意味」という公式が人間には成り立つと述べた。これは苦悩と絶望が同じではないということを示している。そして、苦悩には意味があることをも示しており、私はこの主張に深い感銘を受けたのだった。

この話を踏まえて、上田先生が言った。「これは、苦悩が大きくてもそれに意味があれば、絶望が軽減されるという公式だと思います。一歩進めると、その意味が大きければ、絶望ではなく、希望になるということだと。苦悩が大きくても、それを引き受けて、より大きな意味付けができれば、それはマイナスの絶望、つまり希望になるのではないかと」

「絶望＝苦悩－意味」の公式は、さまざまな形で読み変えることができる。たとえば「絶望」を右辺に、「意味」を左辺に移すと、「意味＝苦悩－絶望」となる。「絶望」を反転させたものは「希望」であり、「マイナスの絶望」とは、すなわち「希望」だ。

したがって「意味＝苦悩－絶望」とは、「意味＝苦悩＋《プラス》希望」ということではないかと、上田先生は述べたのである。

これは驚くべき洞察《どうさつ》だ。

さらに先生は続けた。

「苦悩が大きくても、意味が大きければ単なる絶望じゃなくて、希望と勇気を与えることになると思います」

この感覚は私の体験とも共鳴する。十八歳で全盲ろう者となった私は、当時の手記に記している。

「この苦渋《くじゅう》の日々が俺《おれ》の人生の中で何か意義がある時間であり、俺の未来を光らせるための土台として、神があえて与えたものであることを信じよう」(一九八一年二月十四日)。

しかし弱き人間にとって、たとえ「意味」があったとしても「苦悩の生」はつらい。

時に「なぜ?」と、何者かに問いかけたくなる。そのたびに返ってくるのは、深い沈黙である。

人のつながりに寄り添う

「半透明の繭《まゆ》」が私を包んでいた。すでに失明し、光を失っていた私から、今度は音が次第に奪われていく。

肉体的な苦痛はない。ただ世界から徐々に隔絶《かくぜつ》され、繭の中で自分が溶けてしまっていくような気がした。いまから三十二年前、十八歳のときのことである。

なぜ私の人生に、こうした極限の苦悩が訪れたのか。考えても分からない。

さらに、その思考の過程で「そもそも、自分が生きているとは、どういうことか。そして自分とは、いったい何か」という問いにもぶつかった。その問いにも答えはない。

ただ、そのとき、ふと思い出したことがある。これに似た感覚を、以前にも感じたことがある――と。

幼い日。自宅のトイレから出て、電灯のスイッチをパチリと切った瞬間、唐《とう》突《とつ》に強烈な問いが身の内に生じた。

「僕ってなんだ？　福島智って誰だ？　確かに、僕はここにいる。でも、本当にこれが僕なのか。違う。本来の僕はどこか別の所にいて、仮の姿の僕をじっと見ているのではないか」

後年行うような言語的な思考ではなく、むしろ直感に近かっただろう。同様の経験は特に子供のころ、ほかにも何度かあり、まるで手を伸ばせばすぐ触れられるような「手応え」をその度に経験した。十八歳のとき、私はまた、この幼い日の経験と類似の体験をしたのだった。

当時もいまも、「神」や「魂《たましい》」をめぐる私の思索は、明晰《めいせき》とはいえない。ただ、自らの体験を通して実感することはある。

その一つは「私はいま、ここにいるように思えるけれど、本当の私は、ここにはいない」ということだ。そして、「そうした私たちを生み出した、なんらかの大いなる存在（それは、人によって「自然」「宇宙」「神」など、さまざまな名で呼ばれる）は、個別の私たちを超越した存在でありながら、同時に、私たち一人ひとりのそばに、いつも寄り添っている」という実感である。

私が「半透明の繭」に完全に覆《おお》われたころ。つまり、光と音が奪われてしまったどん底の状況のとき、ふとしたきっかけで、母が「指点字」という、世界でも画期的な盲ろう者のためのコミュニケーション手段を考案した。

「さとし　わかるか」

と母が私の両手の指先に、指先で一文字ずつ触れたとき、私には母の「声」が「聞こえた」。これが、その後の私の人生を活性化させる原動力となった。なぜなら、この指点字は、私と他者との内面をつなぐ懸《か》け橋となったからだ。

ところで、神はいるのだろうか。

もしいるなら、それはどこにいるのか。古今東西《ここんとうざい》、人類のあらゆる民族は、なぜ姿の見えない神を信じてきたのだろうか。そんなことが、ひどく気になった時期があった。

現在も、その疑問が完全に払拭《ふっしょく》されたわけではない。ただ、静かにいま、思うことがある。神は「存在」ではなく「作用」であり、とりわけ、人と人との間に働く「作用」として、その姿を現すということである。

人が生きるとは、他者と関わることであり、その人と人とのつながりに寄り添う「働き」が、すなわち神なのだと思う。

命が美しいのは

「星の王女さま」に初めて会ったのは、昨年（二〇一二年）二月のことだった。荒美有紀《あらみゆき》さん、二十四歳。都内の大学の仏文科に通う、現役の女子学生だ。「☆（星）の王女さま、大学へ行く」と題するネット上の公開日記（ブログ）を、昨年六月から綴《つづ》っている。姉のように慕う女性との交換日記の形式だ。

全身の神経に腫瘍《しゅよう》ができる難病のため、二十二歳のとき、荒さんは聴力と視力を失った。肢体障害もあり、車いすを利用する。

発話は音声で行う。初めて会ったとき、ことばを「聞く」のは、手のひらに指で字を書いてもらっていた。その後、点字を覚え、指点字も練習した。いまでは点字を利用した情報機器もマスターし、メールの送受信も自由にできる。

彼女のブログを最近のものから遡《さかのぼ》った。最初の日まで読んだとき、心が震えた。

「今日は病棟の部長と担当の先生と退院のお話をしてきました。『あとどれくらい生きますか？』ってきいたら、『それはわからないし、いい薬ができるかもしれないけど、一瞬一瞬を大切に生きたほうがいいよ』っていわれました。だから、悔いなく生きます」

そのすぐ後に「交換日記たのしみでーす！」と荒さんは記す。この「普通の女子大生の文体」が、内容の重さを逆に際立たせる。

見えて聞こえていたころ、荒さんは海外でホームステイをした。吹奏楽部で仲間とハーモニーを奏でた。将来は飛行機の国際線の搭乗員になるのが夢だったという。

この一年、荒さんと何度か会った。お互い盲ろう者なので、通訳者を通して語り合う。私の心には、通訳者の指点字を通して、彼女の内面がくっきりと浮かび上がる。

若い。強さと脆《もろ》さが危うい均衡《きんこう》を保っている。性別が異なり背景もまるで違うけれど、盲ろう者になって間もないころの、かつての私自身を垣間《かいま》見る思いがする。

それと同時に、私にはない鋭い緊迫感もまとっている。先日、彼女に尋ねた。

「あなたの場合、盲ろうという障害以外にも重い病気があるよね。それをあなたは、どう捉《とら》えていますか？」

荒さんが答える。

「なんで私だけ、こんなことになるんだろうとか思って、すごくつらかったんですけど……、いまは一生懸命やっていて、楽しい生活も得られているので、自分にできるのは、一生懸命生きることだけだなと思って。この先、病気がどういう影響を及ぼすのかとかはあまり考えていなくて」

そして、彼女は続けた。

「悲しいことを考えていると気持ちも暗くなりますけど、楽しいこととか幸せを、ちっちゃい幸せでもいっぱい感じるようにして生きていると、すごく楽しいなあと思うので、それは、へこんだりもたくさんするんですけど、生きていてうれしいなと感じるようにしています」

荒さんのブログのタイトルは、サン＝テグジュペリの『星の王子さま』が由来だろう。その王子の次のことばを連想した。

「星が美しいのはね、目に見えない花がひとつ、咲いているからなんだ」（石井洋二郎訳）

「命が美しいのは、幸せを感じられる心があるからです」

荒さんがそう言っているような気がした。

Ⅳ ことばは光

対談

自分を主語にして生きる

本稿は、福島智さんの著書『ぼくの命は言葉とともにある』（致知出版社）の刊行にちなんで『月刊致知』二〇一五年九月号誌上で行われた、智さんと母・令子さんとの対談記事である。智さんの生い立ちや、障害をどのように乗り越え、苦悩と向き合ってきたのか。また、そばで智さんを支え続けた令子さんの心境などが切々と語られている。

© Taishi Sakamoto

ふくしま・れいこ

昭和八年、静岡県生まれ。十六年に中国・青島《チンタオ》に渡り、終戦の前年に帰国。病気療養のため高校を二年で中退し、その後、福知山文化服装学院に入学し、洋裁の初級教員免許を取得。三十七年、三男の智氏を出産。智氏の闘病生活を支える日々が始まる。平成八年、智氏とともに吉川英治文化賞受賞。著書に『さとしわかるか』（朝日新聞出版）がある。

よくきょうまで生き抜いてくれた

――この度は、『ぼくの命は言葉とともにある』の発刊、誠におめでとうございます。令子さんは、智さんのご著書を読まれていかがでしたか。

福島令子（以下、令子） いやぁ、ほんまに感心しました（笑）。福島智は私の息子ではないような感じがしますね。親の知らないところで、ここまでよく頑張ってくれたなぁと思います。

智は心の葛藤《かっとう》を表面に表さないのですよ。智の物語はこれまでにもコミックとかドラマとかに随分《ずいぶん》取り上げられて、コミックの中の智とか、ドラマで智役になった人がその心の葛藤を表すのに、物を投げたり、喧嘩《けんか》をしたり、暴れ回ったりしているけど、実際は、智には一切それがなかったんです。

ですから九歳で両目が見えなくなって、さらに十四歳で右耳が、そして十八歳で残された左耳もだんだん聞こえなくなっていく中で、この子はいま、どんなことを考えてるんやろうと心配になりましてね。よく、書き損じてくず籠《かご》に捨ててあったお友達宛《あ》ての点字の手紙を拾っては、あぁ、こんなことを考えているのかと想像したものです。

福島智（以下、智） これはプライバシーの侵害です（笑）。

――くず籠の手紙を手掛かりに。

令子 小さいころから、学校で虐《いじ》められたり、自分が嫌《いや》な目に遭《あ》っても、私に一切愚痴《ぐち》をこぼしたことがないんです。親に心配をかけないようにしようという気持ちが一番あるような気がします、この子は。やっぱり優しいんでしょうね。

私もいろいろ病気をしましたけど、まぁ智の苦しみに比べたら百分の一でしょうね。とにかく私にはちょっと真似ができないところが、いっぱいあります。そういう中で、本当によく、きょうまで心を腐らせないで生き抜いてくれたなあ、と感謝しています。

何があっても生き抜くということ

――智さんが、この本を通じて読者の方に伝えたかったメッセージは何ですか。

智　私は見えなくなって、聞こえなくなった時に、何が一番しんどかったかというと、人とのコミュニケーションがとれなくなったことなんです。そういう中で、母の考え出した指点字を通じて再び人とコミュニケーションをとることができるようになって、コミュニケーションというのは私たちの命を輝かせる上ですごく大きな意味があることを実感しました。

ですから、見えて聞こえる一般の皆さんも、コミュニケーションの持つ非常に深く、重い意味というのを、一度あらためて考えていただきたい。命は言葉とともにあって、言葉は命とともにあるということを、私の特殊な体験を通じて、読者の皆さんに考えていただけたらと。そうすれば、人生を別の光で照らせるかもしれません。

令子　私は、言葉とともに命があるなんて考えたこともありませんでしたから、智が本当に貴重な本を出させていただいたことに感謝しています。
この本にも記してあったかもしれませんけど、智が三歳で右目を失明した時には、私は智がかわいそうで、また智のためにこんなに心を砕いてきたのにという残念な気持ちで、毎晩布団《ふとん》の中で泣いていましたね。そして智が十八歳になって、耳まで日々悪くなっていたころも、夜ごとに枕を濡らしていたんですが、そのことに気づいた主人がある時、「死にたかったら、おまえ一人で死ね」と言うたんです。
――ご主人は、令子さんが智さんとともに命を絶つのではないか、と心配されたのですね。
令子　もちろん、そんなこと一度も考えたことはありませんでした。けど私は内心思ったんです。私がいなくなったら一番困るのは主人です。主人はああ言うたけど、きっと本心ではない。不器用な主人の反語であり、精いっぱいの励ましの言葉やと理解したんです。

智　その話は私も後で聞きまして、なかなか親父らしい、いいことを言ったなと思っているんです。親父はそう言いながら母を励ましているわけですね。たとえば、わが子への愛情だと思って無理心中で殺人を犯すというのは矛盾《むじゅん》であって、まずは生きなければ人生は始まらない。どんな状況でも智は好きに生かしてやるべきだと親父は言っているわけです。

それは要するに、命が大事だということです。何があっても生き抜くということ。親父は本当にいいことを言ってくれたと、いまでも思っています。

智は九歳まで、見える世界に置いていていただいたのだ

――お二人が障害とどう向き合ってこられたか、順番に振り返っていただけますか。

令子　最初に三歳で右目がやられたんですけど、すごいショックでね。もう一歳の時から兆候《ちょうこう》が表れて、毎日おんぶしてお医者さんに通って、入院もしたん

ですけど全然よくならない。そういうことを繰り返しているうちに、外来の若い医者が突然に、

「お母さん、いくら高価な薬を使っても枯《か》れた木には花は咲きませんよ。智君の右目はもう見えないと思います」

とおっしゃったんです。もうびっくりして、家に帰ってすぐに冷蔵庫のイチゴで実験したんです。

智の一番好きなイチゴをお皿に盛って、冷蔵庫の一番上の棚《たな》に入れて、最初は智に両方の目で見せたんですよ。扉を開けて、「智、イチゴはどこにある？」って聞いたら、「一番上にあるよ」って言う。今度はいいほうの目に眼帯をして、イチゴを下の棚に移して、「智、今度はイチゴはどこにある？」って聞いたら、「同じところにあるよ」って言ったの。それで、あぁ、本当に見えへんようになったんやってハッキリ分かったんです。

でも、その時に智は、何も見えないと言ったら私が悲しむから、同じところにあると言って見えるふりをしたのね。その言葉に私はまた胸を打たれたんで

す。こんな三歳の子がと……。

智　博士論文を制作する関係で、私の研究室に送ってもらった母の日記を調べたら、あれは昭和四十一年の五月でした。細かいことは覚えていないけれど、イチゴの赤い色と、母親がショックを受けたような、何とも言えない表情をしていたのを覚えています。声が上《うわ》ずって、感情的に大きなショックを受けたらしいことを感じたから、記憶に残っているのでしょうね。

でも、母を悲しませないために幼い私が見えるふりをしたとは思えませんね。単に、何でもいいからイチゴが食べたかったんじゃないでしょうか（笑）。

その次の記憶は四歳の時ですね。見えなくなった右目の炎症が酷《ひど》くなってきて、医者からもう目を取ったほうがいいと言われて入院したんです。

令子　交感性眼炎《こうかんせいがんえん》といって、目の炎症だけれども、それがいいほうの目にうつることがあるから、できるだけ早く取りなさいと、右目が見えなくなった後に言われたんです。私はそんな残酷《ざんこく》なこと、とてもできんと思って、一年間悩んだんですよ。でも結局、四歳で右目を摘出するために入院したんです。

智　そのころ、私は母に「心臓がとまったら死んでしまうんか」みたいなことを聞いたようです。少し前に、しんちゃんという近所の友達が電車にはねられて亡くなったので、そのショックもあったと思うんです。四歳の自分がそう言ったというのを母親の日記で見つけた時に、何とも言えない複雑な気持ちになりました。

――その後、残された左目からも徐々に光が失われていった……。

令子　それはもう本当に苦しかったですよ。真綿でギューッと絞めつけられるみたいに、少しずつ少しずつ悪くなって。お医者さんから「炎症が出ましたね」なんて言われるたびに、もう食べ物が喉《のど》を通らなくなるんです。

智　それはそうやろうな。母にとって私は、最初は普通の赤ん坊だったわけですから。

令子　結局九歳で左目も見えなくなったんですが、それまでに少しずつ悪くなってきたことで、慣れさせてもらったんやなぁとも思っています。

智を連れて眼科に通ったことで、いろんな目の病気があることを知りました。

お友達の中には、生まれたばかりの時に目の底にがんが見つかった子もいました。すぐに目を取ったんですけど、お母さんが卒倒《そっとう》して、えらいことになったらしいです。

急激な病で待ったなしに失明される方も多いなか、智は九歳まで見える世界に置いていただいたんやと、神様に感謝しました。

「お祖父ちゃん、僕は大丈夫だからね」

――智さんは、両目が見えなくなった時はどんな思いでしたか。

智 それはやっぱり、つまらないなぁと思いました。でも、まだ子供でしたから、つまらないといっても、好きだった本や漫画が読めなくなるという程度のことで。

令子 あの時は、お祖父《じい》さんが三日間、行方不明になりましてね。その間ずっと二階で泣いてたそうです。「智がかわいそうや、わしが代わってやりたい……」って。

そしたら智は、自分は失明しているのに、「お祖父ちゃんに電話をかけるから」と言って、こんな電話をしたんです。

「お祖父ちゃん、泣いても仕方ないんだよ。するだけのことをして、こうなったんだから。

僕はね、いま悲しんで泣いてるより、これから先、どういうふうに生きていったらいいかを考えるほうが大事だと思ってるんだよ。お祖父ちゃん、僕は大丈夫だからね」

と。お祖父さんが驚いてね、九歳の子がこんなこと言えるんかって。私が言わせたんじゃないかって（笑）。

智　その時ありがたかったのは、たまたま一緒に入院していた人の中に、点字をやっている青年が二人いたんですよ。その人たちが、点字をやればまた本が読めるよと励ましてくれて、ジュースの王冠《おうかん》とかを並べながら点字の組み合わせを教えてくれたんです。

点字の組み合わせ自体はわりと簡単で、二十分か三十分くらいで覚えられたと思います。でも、いざ指で点字をなぞって読もうとするとまったく読めない。読むのはものすごく難しかったけど、随分慰めになりました。

退院した後、翌年の四月に盲学校に入るまでの間は自宅療養をしました。暇だからラジオで落語を聞いたり、お見舞いにもらったぬいぐるみで一人劇みたいなことをやって、それを録音して遊んだり、ラジオで野球のナイター中継などを聞いて架空《かくう》の野球実況をやったりして遊んでいました（笑）。

令子 一人で上手に遊んでるんですよ。あるお嬢ちゃんは一晩で失明して、家族で三年くらい泣き暮らしたっていう話も聞きましたけど、智はケロッとしていて、家族のみんなに「きょうの野球はどこが勝って、誰《だれ》が何を打ったぞ」とか詳しく報告するから、「智には、まいるわ」ってお兄ちゃんが言っていました。

――その後、盲学校に入って感じられたことはありますか。

智 それまで学校にあまり行けなかったので、毎日行けるようになったのはすごく嬉《うれ》しかったですね。それに、見えない世界というのは私にとってはある意味で未知の世界だったから、いろいろ新しいことも学べて、すごく面白かったです。全盲の悪友ができて、そいつと二人でよく学校の中を探検したりして、わりとスムーズに溶け込むことができました。

普通の学校に行きたいという気持ちもあったと思います。だけどやっぱり、盲学校のほうが目の不自由な子供が勉強をする環境は整っているんです。五年生になるころには点字もだいぶ読めるようになって、最初に比較的長いものを読めたと思ったのは『ロビンフッドの冒険』でした。

興味関心があれば、いろんなことに挑戦させてくれて、軽音楽クラブでトランペットを吹いたりできたのもありがたかったですね。

「智君は、すごく悩んでいますよ」

――そういう中で、耳のほうの具合はいかがだったのですか。

令子　智が小学一年生のころ、主人から「智がテレビの音をものすごく大きくするぞ」と言われたり、学校の先生が連絡帳に「福島君は落ち着きがなく、いつも私の話を何度も何度も聞き返します」と書かれたりして心配になって、耳鼻科で聴力検査をお願いしたら、三十デシベルになってるって言われて驚かれたんです。学校で先生の言われることを聞き返すのも無理ないって。

その後、目の治療で出されたステロイドが偶然耳に効いたのか、しばらく聴力は回復していたんです。でも、右耳は盲学校に通い始めたころから少し聞こえにくくなっていたので、一緒に電車に乗っても、私は左側に座って話しかけたり、本を読んでやったりしていたんですが、結局中学二年の時に右耳は聞こえなくなってしまったんです。

智　そのころには実生活でかなり影響が出てきて、非常に不安になりましたね。話しかけられても聞き取れなかったり、音の方向が分からなくなって、自動車の音がしてもどっちから来るか分からなくなったりして、すごくしんどかったです。この先どうなるんかなと、随分暗い気分になりました。

今回の本（『ぼくの命は言葉とともにある』）の中で紹介していますけど、そのころ「龍之介の夢」という童話を書いたんです。自身の心の沼に沈んでいく話なんですが、あれはまさに当時の私の心象《しんしょう》風景でした。まだ左耳が聞こえていたので絶望はしなかったけれども、すごく不安でした。

令子 当時、智の国語の担当の先生が「龍之介の夢」をご覧になって、智が自分の未来に不安を抱いていることを察し、とても気に掛けてくださっていたんです。

その先生に、智が東京の学校に転入した後でばったり会ったことがありましてね。先生から、「智君は東京でも元気でやっていますか?」と聞かれて、「おかげさまで、智は明るくて朗《ほが》らかで助かっています」と言ったら、とても紳士《しんし》的な先生やのに、すっごい怖い顔をされてね。

「お母さん、何を言っているんですか。そんな甘いもんじゃありませんよ。福島君はね、表面ではニコニコ笑って朗らかそうにしていますけど、実際、心の底では、自分の未来のことについてすごく悩んでいますよ。認識不足です」って怒られたんです。あぁ、私は表面のことしか見ていなかったんやなと、随分反省しました。

「僕の耳を治せる医者は一人もおらんのか！」

――そして十八歳の時に、残された左耳も音を失ってしまった……。

令子　もう本当に、身を切られるような思いでしたね。毎日毎日聴力が落ちていくんですよ。高校二年の二学期の冬休みに東京から帰ってきたんですが、その前にもう既に悪かったんでしょうね。お友達がいくら「福島！」って呼んでも振り返らない。おかしいと気づいてくれたらしいんです。

まったく聞こえなくなったのはそれから三カ月後くらいですけど、その間のお正月を過ぎたころに智がね、いっぺんだけ叫んだことがあるんです。
「この広い世の中に、僕の耳を治せる医者は一人もおらんのか！」
って。ちょうど昼間で、主人もお兄ちゃんも出かけて家には私一人でしょう。もう本当にどうしたらいいか分からなかった。針の筵《むしろ》に座らされたようでね。

——智さんは、両耳も聞こえなくなった時はどんな思いでしたか。

智　やはり最後の、左耳が聞こえなくなる昭和五十六年の一月から三月にかけての三カ月間は、ものすごく圧縮された形でしんどい時期でしたね。

完全に聞こえなくなってからも、もちろんしんどいんですが、これ以上は落ちないということは分かります。それよりも、いまでも夢でうなされるのは、聞こえなくなる過程なんです。これまで聞こえていたのに聞こえなくなりつつある。相手と話をしているけれども、何を言ってるのか分からなくなるといった夢をよく見ますね。

あのどんどん落ちていく過程というのは、耐えられないくらいしんどかったです。

感覚としては、自分がこの世界から消えていってしまうような、あるいは世界が自分から遠ざかっていくような感じですよね。自分だけが別の世界に吸い込まれていくような、何とも嫌《いや》な不気味さと、形容しがたい孤独感みたいなものに押し潰《つぶ》されそうでした。そしてとうとう完全に聞こえなくなったわけです。

――その辛《つら》いお気持ちを、察してくれるご友人がいらっしゃったそうですね。

智　四月九日だったかなぁ、盲学校に戻って、約三カ月ぶりにM君という友人に会ったんです。すると彼は私の掌《てのひら》に、

「しさくは　きみの　ために　ある」（思索は君のためにある）

と書いてくれたんです。その言葉にはすごく感動しましたね。

他の友達ももちろん私のことを励ましてくれて、それはそれで嬉しいんですが、私は内面ですごく悩んで考え込んでいましたから、M君が書いてくれた言葉に、彼は私の苦悩の本質を直感的に分かってくれているんだなぁと思って感激したんです。非常に心の深いところに届く言葉を書いてくれたのは、彼が初めてでしたから。

令子　おとなしい、優しい子でしたけど、随分智には尽くしてくれました。

――母親だけでは支えきれないところを、補ってくれたのですね。

令子　そうそう。智は大学の共通一次試験である程度の成績を取ったけれども、大学側が二次試験を受けさせてくれなくて、仕方なく浪人《ろうにん》したんです。その時

に、やっと探せたアパートに、M君が一緒に住んでくれたんです。だからずーっと智を助けてくれた。

智はもう、先生にもお友達にも、周りの人たちみんなに恵まれてるんですよ。それはありがたいと思います。

「さ と し わ か る か」

——ここで、智さんがコミュニケーションの手段とされている「指点字」が生まれた経緯について、お話しください。

令子 あれは智が高校二年の終わりごろに帰省している時でした。智を病院に連れて行く前に台所で片づけ物をしていたら、智がやって来て、「お母ちゃんはまたグズグズしとるな。もう病院に行く時間だぞ」と言うんです。まぁ、私だって一生懸命準備しとるのにと思って腹が立ったけど(笑)、いつも会話に使っていた点字のタイプライターが台所にない。どうやって言葉を伝えようかと思った時に、ふっと、いつもタイプライターで打っている文字を、直接智の指にしたらどうなるかなと思ったんです。

──あぁ、智さんの指に直接タイプを。

令子　ええ。智の指を取って、ポンポンポン、ポンポンポンと、これから点字を打つよという合図を送って、

「さ　と　し　わ　か　る　か」

と打ったんです。すると智はニコッと笑って、

「分かるで」

と言ったんです。

──令子さんの伝えたことが、智さんにはすぐ理解できたのですね。

智　最初は、何か変なことをしよるなと思ったんです。まさかこの方法がその後、私のメインのコミュニケーション方法になるとは思いませんでした。

令子　それからはもう、点字をタイプしないで、直接智の指に打つことにしたんです。

――その方法で智さんは、再び世界と繋《つな》がることができたわけですね。

智　はい。学校の仲間たちもすぐに指点字のやり方を覚えて、どんどん私に話しかけてくれるようになったんです。

ところが問題は、一対一の会話なら何とかなるんですが、周りに複数の人がいる場面になると、たとえ誰かが私に指点字を打ってくれていたとしても、周囲の状況がさっぱり摑《つか》めないんです。

令子　それで、周りの状況を説明するという規則をつくったんですが、それも偶然始めたことなんですよ。

智が病院で点滴を受けている時に、ふっと智の指にね、周りの静けさや、その場にいた婦長さんや看護婦さんの様子なんかを伝えてみたんです。「いまは誰もいないけど、婦長さんが器具の煮沸《しゃふつ》消毒をしているよ」とか、「いま若い看護婦さんが入ってきたよ。大根足のすごいデブチンよ」とか指点字したら、智がワハハって大声で笑って、婦長さんも看護婦さんもびっくりしましてね。たまたまやってみたことなんですけど、後に智が「状況説明の必要性」を唱えるもとになったのかもしれません。

いまでは指点字は、目も耳も不自由な盲ろうの方の重要なコミュニケーション手段になっているけど、まさかこんなに大きなお役に立つとはね。

――智さんは、お母さんを通して命を授かり、そしてこの指点字で二度目の命を与えてもらったと言えますね。

智　おっしゃるとおりです。その後、たくさんの友人たちとコミュニケーションをとる中で、いま母が言った「状況説明」ということの他に、周囲の人の発言をそのまま忠実に「通訳する」という支援の方法も確立して、指点字はいまのような、とても役に立つ形に進化していきました。

でもやっぱり、最初に指点字を考案してくれた母には、私は頭が上がりません。

――智さんが、指点字に出合った時のことを認《したた》めた詩がありますね。

智　「指先の宇宙」です。あれは「世界盲ろう者連盟」が発足した時に、指点字によって真っ暗な真空状態から救われたという感動を詩にしました。

――大変心に響く詩ですので、ご紹介したいと思います。

指先の宇宙

福島智

ぼくが光と音を失ったとき
そこにはことばがなかった
そして世界がなかった
ぼくは闇《やみ》と静寂《せいじゃく》の中でただ一人
ことばをなくして座っていた

ぼくの指にきみの指が触れたとき
そこにことばが生まれた
ことばは光を放ちメロディーを呼び戻した

ぼくが指先を通してきみとコミュニケートするとき
そこに新たな宇宙が生まれ
ぼくは再び世界を発見した

コミュニケーションはぼくの命
ぼくの命はいつもことばとともにある
指先の宇宙で紡《つむ》ぎ出されたことばとともに

生命は、他者から欠如を満たしてもらうもの

――智さんは、ご自身の身に降りかかってきた苦悩や困難をどう受け止め、乗り越えてこられたのでしょうか。

智　苦悩というのは確かにしんどいことです。だけど人生では、いくら避けようと思ってもしんどい経験はやって来る。だったらそのしんどさを受け止めて、そのしんどいことにも何か意味があるんだろうと思うことが、たぶん力になっていくんだろうと思います。

――しんどいことにも何か意味がある、と。

智　しんどいことを、しんどくないというふうに誤魔化《ごまか》すのではなくて、しんどいことはしんどいこととして受け止める。そして、しんどさとともに生きることで、それが肥やしになったり、豊かさになったり、強さになっていったりするんだろうと思うんです。

　また、しんどさをしっかり受け止めた人は、他人が抱えているしんどさについても敏感になると思います。もちろんすべてが順調なら、それはそれでいいんですが、そういう人生を歩んできた人は、他人が抱えているしんどさに鈍感になってしまうんじゃないかと思います。そしてその人自身の人生も、厚みのないものになる可能性があるんじゃないかという気がしますね。

令子　私もそう思います。私も智の百分の一くらいでしょうけれども、やっぱり人生に悩んだことがありますから、よく分かる気がします。

――智さんは、困難の中で生きる力になった言葉はありますか。

智　たとえば、今回の本にもご紹介している吉野弘《よしのひろし》さんの『生命《いのち》は』というポエムには心を打たれましたね。大学一年生の時にクラスメートが点字で打ってくれたんですが、その中の、

「生命《いのち》は／その中に欠如《けつじょ》を抱き／それを他者から満たしてもらうのだ」

という一文に触れた時、心の中にパーッと明るい光が射《さ》すような衝撃を受けました。この命の関係性に対する捉《とら》え方は、すごく温かくて力強い。私にとって

はすごく勇気づけられましたね。

それから、ヘレン・ケラーの言葉にも元気が出ましたね。

「人生は恐れを知らぬ冒険か、無です」

つまり、人生は冒険ということでしょうね。そして、事なかれでやっているだけでは、人生の醍醐《だいごみ》味は決して味わえないという意味もあるんでしょう。

あともう一つ心に残っているのは、マザー・テレサの言葉です。

「愛の反対は憎しみではなく、無関心です」

障害者の辛さというのは、放っておかれていること、無関心で放置されてしまうことなんです。そして私は、理屈の話ではなく、現実問題としてコミュニケーションができなくなりましたから、その苦しみについて周りから何ら関心を持たれなければ、私は生きていけなかったんです。けれどもありがたいことに、私の周りには私の苦悩に関心を持ってくれ、支えてくれた人がいたからこそ、生きられたことを実感しています。

誠真実の心を持って生きていけばいい

令子　本当にそのとおり。心温かい方々が智の周りにたくさん現れて、智を守り、育ててくださいました。本当にありがたいことやと、心から感謝しています。けど最初は、智のこの苦しみを本当に理解できる人は私しかいないと思い込んで、もう本当に一生懸命に面倒を見てきました。いま思うと、智を育てさせてもらうことが、私の使命だったのかもしれませんが、そう思えるようになるまでには、随分悩んできました。

　でもそのたびに、自分を励ましてくれた言葉があるんです。まだ若くていろんなことに悩んでいたころに出合った言葉で、あれは確か武者小路実篤《むしゃのこうじさねあつ》やったと思うんですけど、馬鹿でもいい、誠真実の心を持って生きていけばいいと。この言葉のおかげで、それまで抱いていた悩みもコトッと落ちてね。アホでもええわと。誠実に生きたらええわと考え直したら、心が軽くなったんですよ。

智　私は高校二年の終わりごろ、盲ろうになりかけたころに書いた「一九八一年二月の俺《おれ》」という手記の中で、「もし自分に使命というものがあるなら、それは果たさないといけないだろうし、その使命を果たすためには、この苦悩をくぐり抜けねばならないだろう」といったことを書いているんです。

令子　そうね。だから智は不自由な体でも精いっぱい生きていた。

智　それが母の言う誠真実の心と言えるかどうかは分かりませんけど、やらなければいけないことは、やらなければいけないと思っています。

ただ、あまり堅く考え過ぎてしまうとうまく力を出せないので、やはり人生をエンジョイすることも大事です。ちょっとこれは、テーマとずれるのかもしれませんけど、大学受験で英語の勉強をしていた時に、サマセット・モームの言葉が出てきて、いいなぁと思ったんです。

「人生における最大の悲劇は、人が死ぬことではなく、恋をしなくなることだ」

モームがどういう意味合いでこの言葉を残したのかは分かりませんけど、ここでいう恋は、何も恋愛のことばかりじゃないと思うんですね。人生で何かに夢中になること、何かに憧《あこが》れを抱くこと、何かを好きになること、そういう気持ちがすごく大事だということを説いているように私は思います。

――智さんは、盲ろうの身で世界で初めて大学教授に就任されました。そのご体験から、困難を乗り越えて人生を切り開いていくには、何が大事だとお考えですか。

智　私は、人生で大事なことは、自分を主語にして生きることだと思っています。

私たちはともすると、周りの人や社会、自分以外のものの圧力で自分の生き方を決めてしまうことが多いですよね。他人がああしようと言ったから自分もこうしようとか、人がそれはよくないと言ったら、やっぱりやめておこうとか。ところが私は目も耳も不自由になったから、自分が参照すべきロールモデルがなくなったんです。ヘレン・ケラーという素晴らしい人物はいるけれども、遠い国の昔の方なので、自分とはいろんなことが違う。

けれどもさらに考えていくと、そもそも自分の人生というのは自分自身で生きていくものであって、誰か他の人に代わりに生きてもらうものではありません。だから何をやっても構わない、自分を主語にして生きていくこと、自分で人生をデザインしていくことが大事だと。そうすれば辛くても納得がいくし、諦《あきら》めずに歩き続けることができると思うんです。仮に失敗しても、その時にまた考えればいいと思い直したんです。

令子　智も私も、本当にたくさんの方々に助けていただいたおかげで、いまがあります。ですから私は、智の話を頼まれたらできるだけ断らないようにしています。それがせめてものご恩返しになればと考えているんです。

人間には誰でも、苦しいことがあると思うんです。そして智のように目が見えない、耳も聞こえないというのは、言ってみれば極限状態ですよね。そんな中でも必死に生きている智のことをお伝えすることで、それを聞いてくださる方に少しでも勇気や元気を得ていただいて、何とか苦しいことを乗り切っていっていただきたいと願っているんです。

それが私の最後のご奉公《ほうこう》だと思っています。

（終）

【点字・指点字について】

知性の輝きと心の豊かさ提供する「命のことば」

単純な構造にして奥深い点字

アラブ首長国連邦のドバイ空港で、トイレに入ったことがある。障害者用のトイレで、広々としている。

私は目と耳に障害のある「盲ろう者」だが、海外は慣れている。初めてのトイレでも、入り口まで案内されれば、あとは一人で大丈夫だ。

さて、用は済ませたので、次は水を流す番だ。海外のトイレにはいろいろなタイプがあるけれど、空港のトイレだから、さほど心配ないだろう。

そう思って、背中側の壁を探った。予想通り壁にスイッチがある。これを押せばよいのだなと思い、何げなくそのスイッチの上を触ってみて驚いた。点字の標示があるのだ。

おお！　すごい、さすがに中東有数の国際空港だな、と思ったが、なんだかその点字が読めない。国際空港だから、英語の点字だろうと思うけれど、英語ではない。もしかして、アラビア語の点字か？　それなら読めなくても当然だが……。などと思いながら、あらためて触ってみて、笑ってしまった。そこには、「ナガス」と日本の点字が書かれていたのである。後で分かったのだが、それはわが日本のＴＯＴＯの、障害者対応の「多目的トイレ」だった。

どうして日本語の点字で書かれているのに、とっさに私は分からなかったのか。それは点字がごく限られた点の配列でできていて、しかもその配列を利用し、「モード」を切り替えることによって多くの情報を伝える仕組みになっていることと関係する。

たとえば、パソコンのキーボードを思い浮かべていただきたい。キーの数は限られているけれど、パソコンではさまざまな文字や記号が書ける。同じ一つのキーであっても、「シフトキー」や「変換キー」などを使って、全角や半角、大文字と小文字、日本語や英語などに切り替えることができるからだ。

点字もそれと似ている。限られた組み合わせを使いながら、モードを切り替えることで表現の幅を広げているのである。

点字は縦に三つ、横に二つの計六つの点の組み合わせで構成されている。すべての点があれば、サイコロの「六の目」の形になる。その六つの点の組み合わせは、点がない場合も含めて六十四通りしかないけれど、いくつものモードを切り替えることで、同じ点の配列が複数の意味（記号や文字）を表せる仕組みになっているのだ。

モードの切り替えには特別な記号が用意されているものの、それが省略されることもある。先の例でも、そうしたモードを示す記号はなかったが、私は英語などの外国語を想定して読んでいたので、意味不明だったのである。

「リ」という点字を例に取る。「リ」は左側縦三点の上と中の点、右側縦三点の中の点の、合計三つの点で構成される。ちょうど正方形の四つの頂点のうち、右上だけを除いたような配列だ。

この「リ」の形を点字使用者が触ったときは、まずそれは、ひらがなかカタカナの「リ」であると認識する（点字は仮名だけで、しかも、ひらがな、カタカナの区別がないので）。次に、モードを切り替えて考えると、同じ「リ」が「8」になったり、「h」や「H」、さらには「have」になったりする。楽譜だと、「八分音符のソ」を意味することになるのである。単純な構造だが、点字は実に奥が深い。

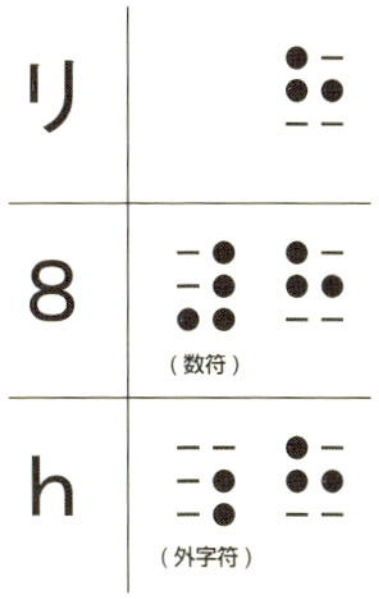

点字は６つの点の組み合わせで構成されており、モードを切り替えることで多くの表現ができる

点字の不思議さと楽しさ

私が点字に初めて接したのは、九歳のころだった。当時、病院の眼科に入院していた私は、手術の甲斐《かい》もなく失明した。そのとき、たまたま同じ病棟に入院していた全盲の男性が、点字の手ほどきをしてくれたのだった。

六つの点の組み合わせで、文字が表現できる。その不思議さと楽しさ。私は夢中になった。

カルピスやジュースのビンの王冠《おうかん》を六つ並べて、点字の六つの点になぞらえた。幼い私は瞬く間に、その組み合わせを覚えた。

ところが、いざ紙に打ち出された点字を指先で触って読む段になると、まるで分からない。何かブツブツとしているけれど、とても文字としては認識できないのだ。

「こんな小さなブツブツ、読めるわけないやん。一字読めたら、おかあちゃん、十円くれるか?」

などと、べそをかきながら、それでもちゃっかり、小遣いの交渉などをしながら、私はいやいや練習した。

「ウ……ミ、ヤ……マ」

本当に少しずつだけれど、読めるようになった。ある程度読めるようになれば、あとは時間の問題だ。イギリスの昔話『ロビンフッドの冒険』を一冊読み終えたとき、私は曲がりなりにも点字使用者の仲間入りをしたのだった。

母が考案した指点字

点字はフランスで作られた。ルイ・ブライユという全盲の青年が考案した。十九世紀前半のことである。

私が九歳で失明したとき、点字は私にとって新たな文字となったが、さらに、十八歳で聴力も失い、盲ろう者となったとき、点字は二つの意味で私に生きるうえでの大きな力を与えてくれた。
その第一は、点字が心の支えとなってくれたという点だ。盲ろう者となり、失意の底にあった私は、点字による読書を通して、また、自ら点字で日記をしたためることを通して、心の平安と思索の深まりを経験した。たとえば、当時の日記に次のように綴《つづ》っている。
「俺の耳は生まれて以来の最悪の状態だ。耳鳴りは強い。(電話の)時報は聞こえない。耳元で叫んでもらっても分からない。(中略)神よ。俺に何をさせようというのですか? 俺はあなたのおっしゃるとおりに従います。そして、俺はできるだけのことをします。しかし俺は人間であり、その力にはおのずと限界があるでしょう。限界を超え、すべてを超えたあなたを俺は信じます。安心して歩いていくつもりです。今なぜか、心からこのことばが出るのです」(一九八一年三月十五日の筆者の日記より)
そして、その第二は、他者とのコミュニケーションの道具となったという点である。ブライユが盲人のための「書きことば」として考案した点字の原理を応用して、私の母が「指点字」という盲ろう者のための「話しことば」を偶然思いついたのだった。

「お母ちゃん、早《はよ》せな、病院に遅れるやないか」

自宅の台所にいる母に、そのとき私は文句を言っていた。先の日記の日付とほぼ同じ時期のことだ。

全盲に加えて、このころ聴力も急激に低下していた。耳元で大きな声を出してもらっても聞こえず、日々イライラが募る。

何か母が言い返しているらしい。しかし、聞き取れない。私は、ますますイライラする。

「何言うとんや、聞こえへんやないか！」

そのとき、母が不意に私の手を取った。私の指に母の指が触れる。左右の人差し指から薬指までの計六本に、何やらぽんぽんタッチしてくる。「な、何や、何しと……？」。また文句を言いかけた私のことばが、途中で止まった。

突然、母の「声」が私の心に伝わってきたのだ。

「さ　と　し　わ　か　る　か」

点字の組み合わせを利用して、指から指へ直接伝えている。これは面白い！

「ああ、分かる、分かるで。妙なことを考えよったなあ」

口ではそう言いながら、私の内部で、何かの光が激しくスパークしたように感じた。「指点字」誕生の瞬間だった。

指点字は、盲ろう者の両手の人差し指から薬指までの計六本を点字の六つの点に対応させて、ポンポンと軽くたたいてことばを伝える方法だ（226ページの指点字表を参照）。

もともと、点字を打つ（書く）方法には、点筆《てんぴつ》という太い針で一つひとつ点字を「手書き」する方法と、点字のタイプライターの六つのキーを用いて、ひと文字をワンタッチでポンと打ち出す方法とがある。

指点字は、この後者の原理を応用した。幸いにも、その一、二年前から、母がたまたま点字のタイプライターを練習していたことが、このアイデアの下地となった。

このように、点字がなければ指点字も生まれていなかった。やはり、ブライユは偉大だ。とりわけ興味深いのは、ブライユが「夜の文字」と呼ばれた軍事的な暗号をヒントにして点字を考案したことである。

戦争は人の命を奪う行為だ。その戦争のために考え出された「夜の文字」を土台にしながら、その暗号の担った役割を彼は反転させた。すなわち、盲人を含めた世界中の人々に知性の輝きと心の豊かさを提供する「命のことば」として、点字を編み出したのである。

クラスメートが点訳した詩に

ところで、点字や指点字は、文字やことばを伝える手段であり、技法である。手段も技法も大切だが、より重要なのは、それらの担い手としての人の働きだろう。なぜなら、点字も指点字も、抽象的に存在するのではなく、人によって具体的に生み出されるものだからである。かつて、そのことを強く感じる体験をした。

母が指点字を考案して約二年後、私は東京都立大学（現・首都大学東京）に入学した。盲ろう者としての大学進学は、日本で初めてのことである。

私以外に、周囲に障害のある学生は誰もいない。私には指点字の通訳ボランティアが付いてくれたし、クラスメートも親切だった。しかし、私は孤独だった。

それまで過ごしていた盲学校とは異なり、クラスメートは誰一人、点字も指点字も知らない。だから、文通もできないし、直接対話することもできないのだ。

見えなくて、聞こえないという私の状況を、いったい誰が分かってくれるのだろう。私は、このまま大学生活を送っていくことができるのだろうか……。

そんな思いに駆られていたある日、クラスメートの一人の男子学生が話しかけてきた。

「君の使っている指点字っていうのは、点字の原理を応用しているそうだね？

じゃ、それを僕らが覚えれば君と直接話せるね」

そのことばに、私の重い気分が吹きとんだ。そうだ、皆が知らないのなら覚えてもらえばよいのだ。

彼の呼びかけで、早速、クラスメートを対象に点字と指点字のミニ講習会が開かれた。講師は私自身だ。

一年生は忙しいので、一コマ九十分の講習会を二、三回開いただけだ。それでも若い人は吸収が早い。すぐに指点字で私に話しかけ、点字で手紙を書いてくれた。

ミニ講習会が終わってしばらく経《た》ったころ、クラスメートの女子学生が私に言った。

「あの、これ、点字の練習のために詩を点訳したんですけど……」

おずおずと手渡された詩を読んだ。

「生命《いのち》は／自分自身だけでは完結できないように／つくられているらしい」

吉野弘の詩、「生命は」が点字で綴られている。

一つひとつ点筆で書かれている。決して上手な点字ではないけれど、心に染みる。詩は続く。

「花も／めしべとおしべが揃《そろ》っているだけでは／不充分《ふじゅうぶん》で
虫や風が訪れて／めしべとおしべを仲立ちする
生命は／その中に欠如《けつじょ》を抱き／それを他者から満たしてもらうのだ」

そうか。「生命」は本来的に、欠如を内包している存在なのだ。そして、その欠如を他者から満たしてもらうことで、生命は成り立つ……。

なんて清々《すがすが》しく、温かな世界観なのだろう。光を失い、音を失った私は、素晴らしい風景やきれいな音楽を失った。しかしこのとき、クラスメートが一つひとつ打ってくれた点の集まりが紡ぎ出す詩の世界の向こうに、私はある確かな美しい輝きを見、優しいメロディーを聴いたと感じた。

あとがき

本書は、『天理時報』に二〇一〇年二月から二〇一三年三月にかけて、「生きるって人とつながることだ」と題して連載したエッセーを中心にまとめたものである。なお、この連載は、それと同名の拙著（素朴社、二〇一〇年刊）とは別のものであり、本書の収録作品も、同書の収録作品とは重複していない。

また本書には、『天理時報』以外の雑誌・新聞等に掲載されたエッセーやコラム、対談をいくつか加えた。作品は原則として初出時の記述に従ったものの、本書刊行にあたり、若干の加筆・修正を行ったところもある。

内容的には、私の半生におけるさまざまな人との出会いや別れ、交わりについて記した作品が主である。

九歳で失明し、十八歳で聴力も失った私は、現在に至るまで実にさまざまな人々の力によって支えられてきた。その中には、すでにこの世を去った人も含まれている。そうした人たちへの感謝と哀悼《あいとう》の気持ちを込めて綴《つづ》ったエッセーも多い。

ただ、私の力になってくれた人は数多く、本書の中で全くふれられなかったり、あまり記すことができなかった人たちも少なくない。ごく身近な人の中でも、十分に詳しくふれられなかった人もいる。

母・福島令子も、その一人だ。一九三三年（昭和八年）生まれの母は、八十二歳の現在も幸い息災で、神戸市で一人暮らしをしている。いまは亡き父との結婚後まもなく、母は天理教に入信し、今年で入信後六十年になる。母についての私の幼いころの記憶をたどると、二つのメロディーが心に浮かぶ。

「あしきはらひ　たすけたまへ　てんりわうのみこと……」

一つは、この天理教の哀愁をおびた旋律だ。そしてそこから、もう一つの別の旋律が連想される。

「ねんねんころりよおころりよ　ぼうやはよい子だ　ねんねしな……」

有名な「江戸の子守唄《こもりうた》」の冒頭だ。

この二つは歌の性格や背景、そして歌詞の内容もまるで異なるけれど、私の中では容易に重なり合う。両者が共に、私の幼いころの母の記憶と結びついているからだろう。

一九六七年（昭和四十二年）秋。四歳の私は、神戸の大学病院の眼科に入院していた。同年十月、すでに失明していた右目の摘出手術を受けた。

このころの母の日記に、幼い私の発言が記録されている。

「お母ちゃん、心臓はなんでドキドキしとるんやろ。心臓がとまったらもうぜったいいきかえれへんのか。心臓がとまったら死んでしまうんか」（母の日記、一九六七年十一月十五日付）

この半年前、近所に住んでいた私と同じ年の男の子が、電車にはねられて亡くなった。この衝撃的な出来事と自身の入院・手術の体験とを重ね合わせて、当時の私は生と死について何かを考えていたのだろうか。

同じ日の日記には次の記述がある。

「お母ちゃん、ぼくマスイのにおいきらいや。へんなにおいがするもん。何で僕だけ痛いめするんや」

全身麻酔をかけての手術は、幼い私にとって強烈な体験として胸に刻み込まれたようだ。手術後の目の痛みに眠れない私をおぶって、母は夜更《ふ》けの病院の廊下を行ったり来たりした。そのとき小声で歌っていたのが「江戸の子守唄」だった。「ねんねんころりよおころりよ　ぼうやはよい子だ　ねんねしな」

そして、「おさづけ」の取り次ぎと共に口ずさむ「あしきはらひ　たすけたまへ　てんりわうのみこと」。この二つの旋律は、悲しくて甘い感情につながり、つらくて同時に懐《なつ》かしい記憶を呼び起こす。

その後、私は九歳で両目の視力を失い、続いて十八歳で両耳の聴力を失った。闇《やみ》と静寂《せいじゃく》の中で生きることになった私にとって、新たな「光」を提供してくれたのは「ことば」だった。それも、生身の人間と交わす生きたことば、つまり、コミュニケーションの経験こそが、私にとって生きるうえでの「光」となったのだった。

抽象的で乾いたことばそれ自体は、私にとって力を持たない。ことばを交わす人がいて、その人と具体的なつながりがある。そのうえで、ある時ある状況で実際に交わされることばによって、私は生きる力を与えられたのである。本書では、私の半生において、こうしたことばが生きるうえでの「光」となった経験を記した。

本書の核となったエッセーを『天理時報』に連載する際、担当者としてお世話になった当時デスクの大西政範《まさのり》さんに厚くお礼申し上げたい。そして、本書刊行に当たっては、編集部の岡島藤也《ふじや》さんに大変にご尽力いただいたことを、ここに記して深謝したい。

二〇一六年春

福島　智

【濁音・半濁音】

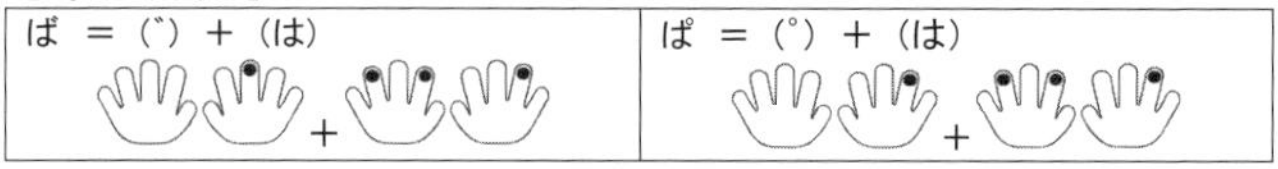

【符号】

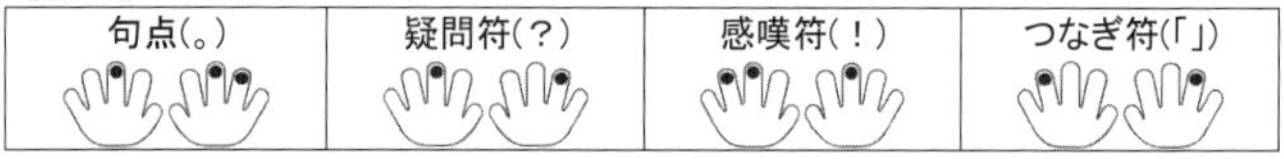

【数字】

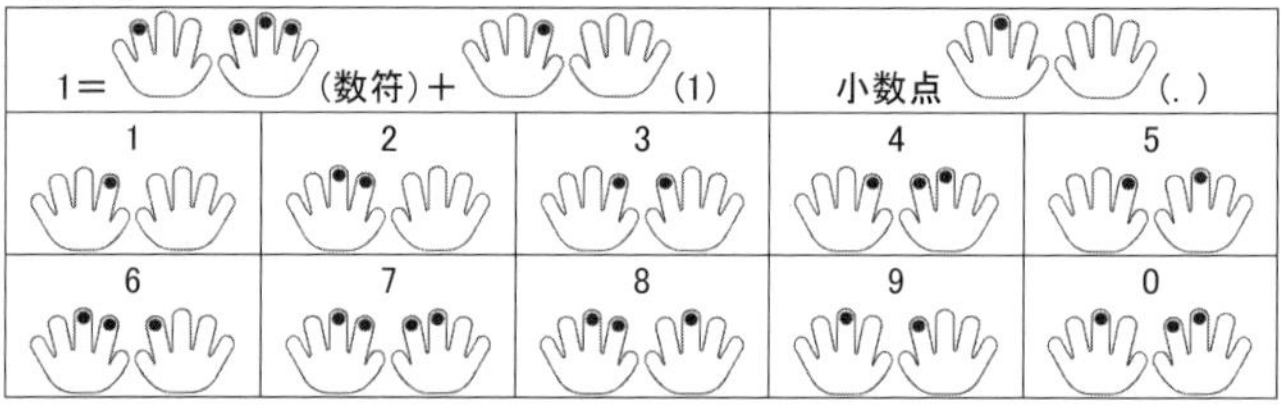

【英語】

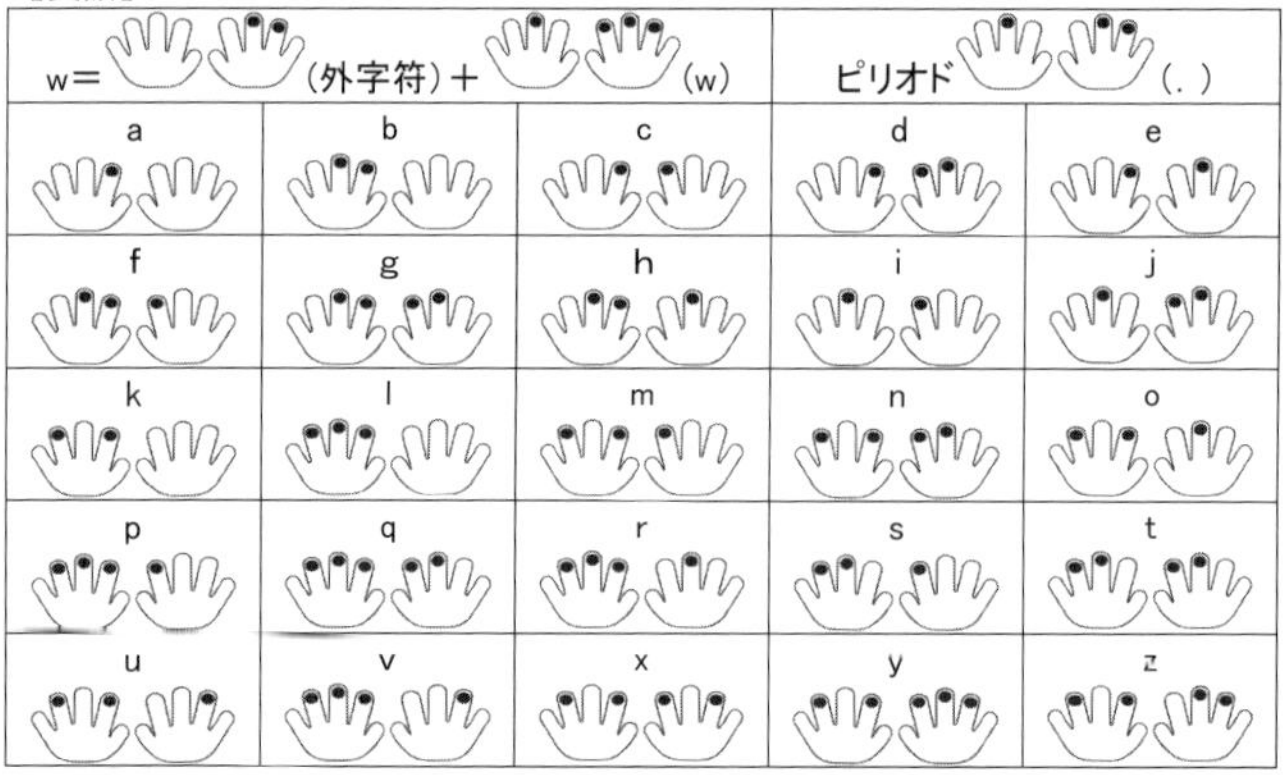

指点字表

パーキンスブレーラー式

【五十音】

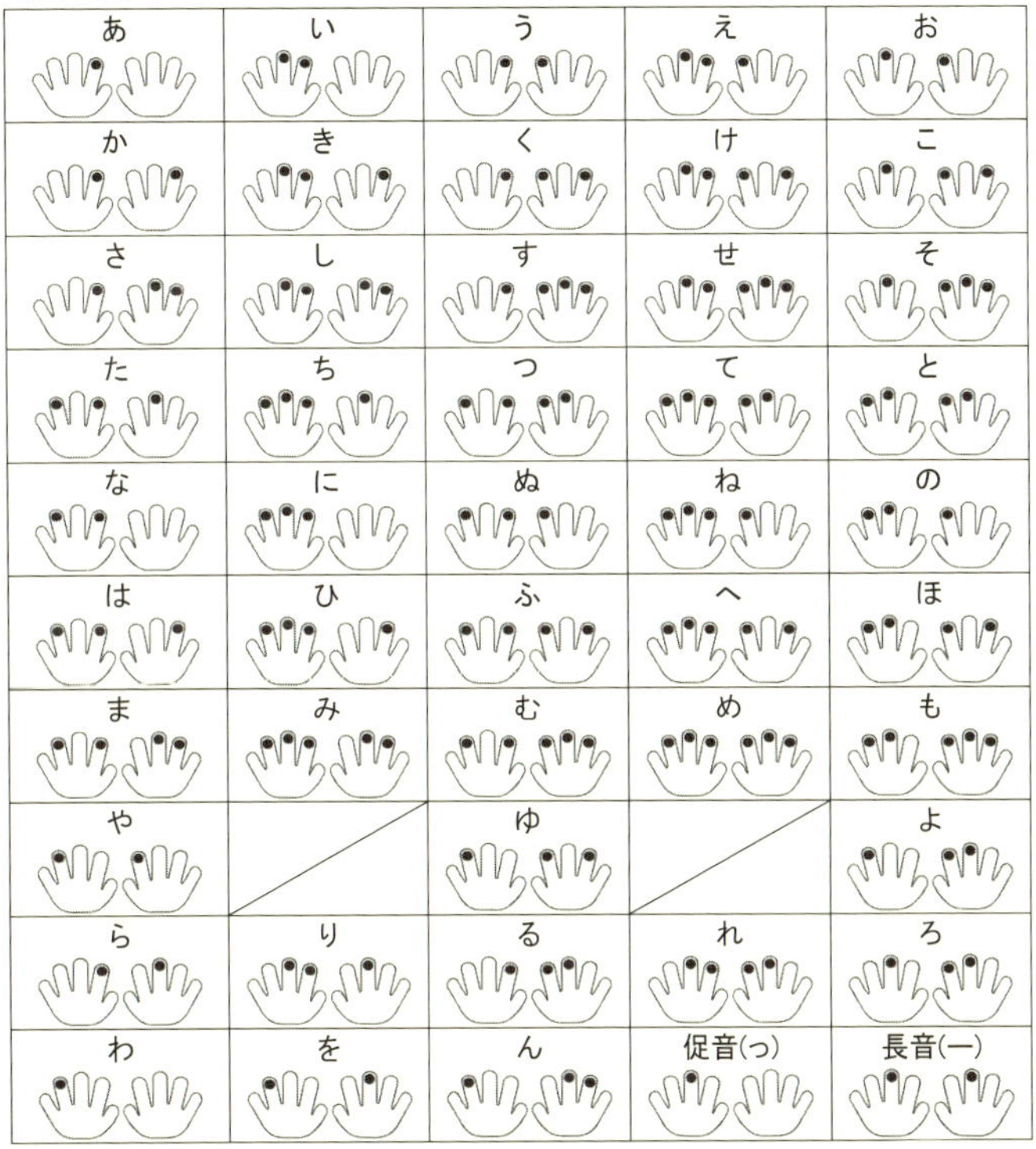

【特殊音】

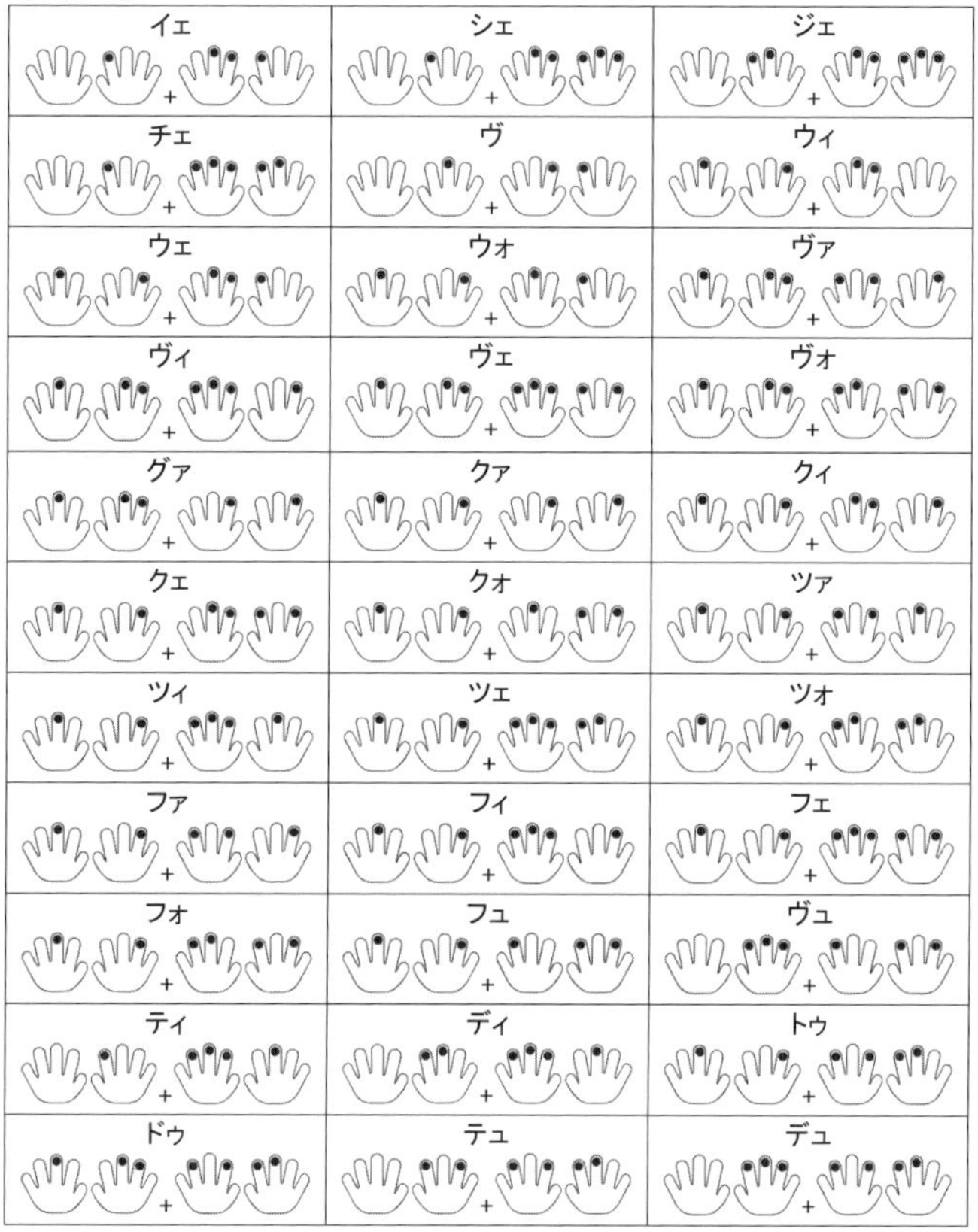

（東大先端研　福島研究室）

【拗音】

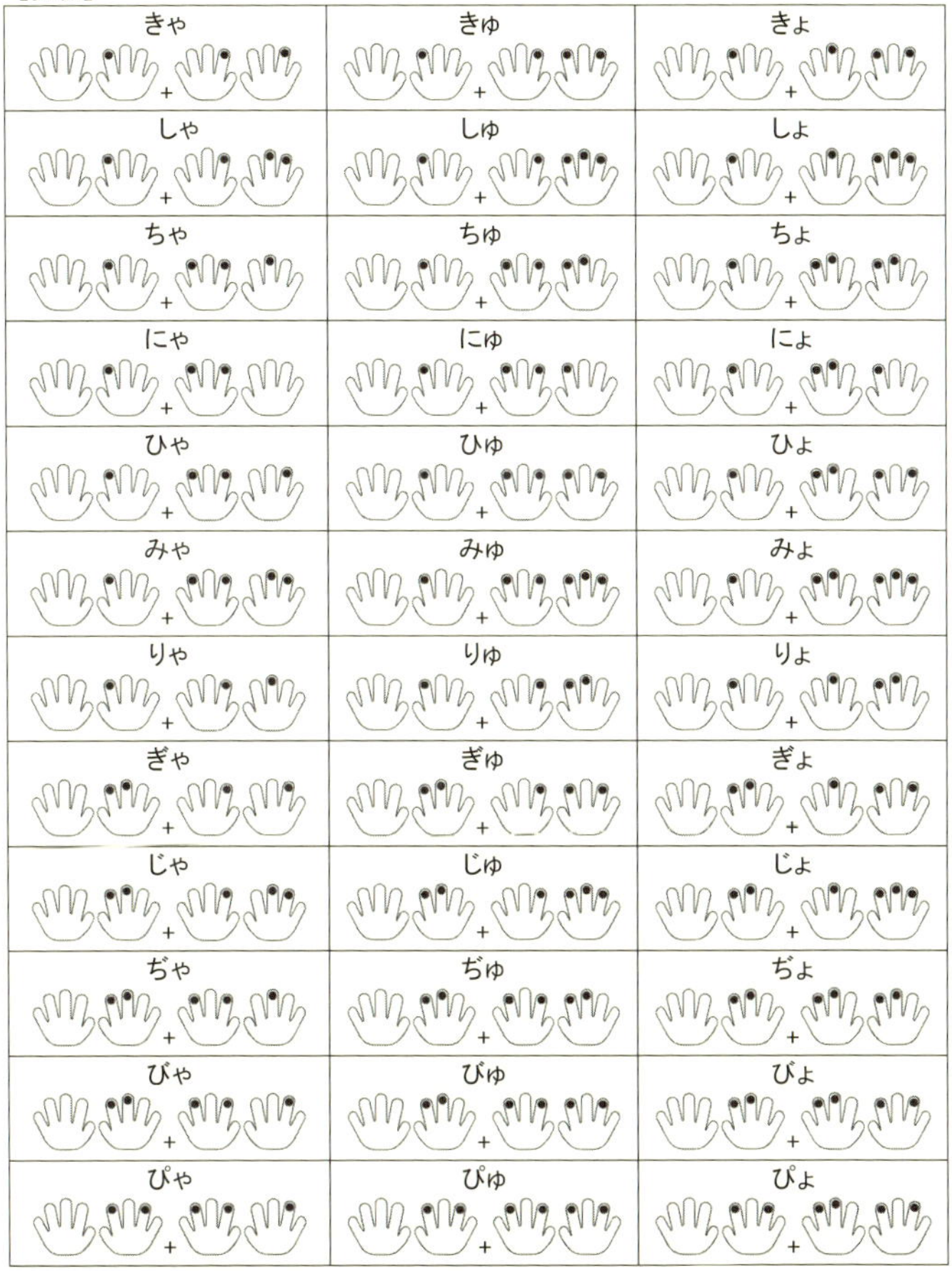

きゃ	きゅ	きょ
しゃ	しゅ	しょ
ちゃ	ちゅ	ちょ
にゃ	にゅ	にょ
ひゃ	ひゅ	ひょ
みゃ	みゅ	みょ
りゃ	りゅ	りょ
ぎゃ	ぎゅ	ぎょ
じゃ	じゅ	じょ
ぢゃ	ぢゅ	ぢょ
びゃ	びゅ	びょ
ぴゃ	ぴゅ	ぴょ

本書の内容は、『天理時報』紙上に二〇一〇年二月から二〇一三年三月まで連載された「生きるって人とつながることだ」（全三十四篇）に、以下の作品を加えたものです。なお、本書掲載に当たり、一部改題のうえ加筆し、表現を改めました。

色点字（『リハビリテーション研究』二〇〇一年十二月、日本障害者リハビリテーション協会）
防災とバリアフリー（『毎日新聞』二〇一一年四月二十八日朝刊「防災とバリアフリーを経済コストで測るな」）
心眼（『月刊ＷＡＭ』二〇〇九年三月、独立行政法人福祉医療機構）
教育者の二つの陥穽（『日本教育』二〇一三年八月、日本教育会）
寿命（『大乗』二〇〇九年二月、本願寺出版社）
自分の「人生づくり」（時事通信社より配信、二〇一三年一月十日「人生の『主語』を自分に」）
自分を主語にして生きる（『月刊致知』二〇一五年九月号、致知出版社）
知性の輝きと心の豊かさ提供する「命のことば」（『みちのとも』二〇一一年一月、道友社）

福島　智（ふくしま・さとし）
1962年、兵庫県生まれ。３歳で右目を、９歳で左目を失明。18歳で失聴、全盲ろうとなる。1983年、東京都立大学（現・首都大学東京）に合格、全盲ろう者として初の大学進学を果たす。1996年、金沢大学助教授、2001年、東京大学先端科学技術研究センター助教授に就任。2008年、博士号を取得し同大教授に。盲ろう者として常勤の大学教員になったのは世界初。研究分野は障害学、バリアフリー論。社会福祉法人全国盲ろう者協会理事、世界盲ろう者連盟アジア地域代表。主な著書に『渡辺荘の宇宙人』(素朴社)、『盲ろう者とノーマライゼーション』『盲ろう者として生きて』(共に明石書店)、『ぼくの命は言葉とともにある』(致知出版社)など。

ことばは光《ひかり》

2016年５月１日　初版第１刷発行
2016年５月２日　初版第２刷発行

著　者　福島　智

TENRIKYO DOYUSHA
発行所　天理教道友社
〒632-8686　奈良県天理市三島町1番地1
電話　0743(62)5388
振替　00900-7-10367

印刷所　株式会社天理時報社
〒632-0083　奈良県天理市稲葉町80

ISBN978-4-8073-0598-8
定価はカバーに表示

●テキストデータの提供について

本書をご購入いただいた方のうち、視覚障害、肢体不自由などの理由から本書をお読みになれない方を対象に、本書のテキストデータ（電子データ）をＣＤ－Ｒで提供いたします。

ご希望の方は、住所・氏名・連絡先を明記した用紙、カバー折り返し部分の「テキストデータ引換券」(コピー不可)と 200 円切手を同封のうえ、下記住所までお申し込みください。

なお、データはテキスト形式のみで、イラストや写真は含みません。また、電子データの提供は本書発行から３年以内とさせていただきます。

●宛て先

〒632－8686　天理郵便局私書箱30号
道友社「ことばは光」係

※注意

本書の内容の改変や流用、転載、その他営利を目的とした利用はお断りします。複製および第三者への貸与、配信、ネット上での公開などは、著作権法で禁止されています。